JN042543

はじめましての元夫から復縁プロポーズされてます!?

玉紀 直

Vanilla文庫Miel

はじめましての元夫から

Contents

イラスト／芦原モカ

プロローグ

「それじゃぁ、シようか」

——なにを、ですか……。

状況的に、この返しは野暮である。

一流商社の社長室という、海外の映画にでも出てきそうな広々とした部屋に置かれた、これまた広々とした立派なソファの上。

なぜか凄絶なほどの美丈夫に押し倒されているというこの状況。

おまけに目の前にいるこの美男子は、そんなに手荒に扱ってはいけませんとご忠告申し上げたくなるようなブランドネクタイを、それはそれは無造作に引っ張ってゆるめながら、見目麗しい御尊顔を妖しく微笑ませている。

（く……悔しいけど……、やっぱりカッコイイな……この人……）

押し倒されている本人、弥生（やよい）は、この状況に戸惑いながらも自分を貞操の危機に陥れているこの男、――伊集院英隆を凝視する。

貞操の危機……。

果たして、二人のあいだでこの言葉は適しているのだろうか。

英隆だって言っていたではないか……。

『俺とおまえは夫婦だ。だからここで俺がおまえを抱こうが、なんの問題もない』

問題は……ない。

英隆と弥生は正式な夫婦なのだ。身体の関係があってしかるべき間柄だろう。

たとえ、今日、結婚して一年目にして初めて会ったのだとしても……。

弥生は、一年放置された妻だ。

だからこそ、お願いにきたのだ。――離婚してくれと。

カットソーの裾から英隆の手が入ってくる気配がする。弥生は慌ててその手を押さえた。

「あっ……あの……」

「なんだ？　確かめられるのが怖いのか」

「それは……」

「やっぱり処女だってのは嘘か」

「嘘じゃないです！」

「離婚をしたい理由は、不貞」

「だからっ、違いますってば！」

ムキになって眉を吊り上げると、英隆は相変わらず意地悪な表情のまま苦笑する。

「理由が不貞ではないと確認できたら、望みどおり離婚してやる。ただし、証明できないなら、離婚原因はおまえのほうにあるとして、俺は慰謝料を請求するが？　いいんだな？」

「それは……」

弥生の精いっぱいの威嚇は瞬時に効力を失う。こんな大企業の社長に納まっている人が請求する慰謝料なんて、きっと一生働いたって支払えない。

こんな思いをするのも、すべてはこの結婚のせいだ……。

一年前、弥生の祖父が他界したとき、その遺言で英隆と結婚した。

結婚といっても籍が入っただけで、弥生は今日まで彼と会って話をしたこともなかったのだ。

経歴や顔は知っていたし、素敵な人だなとも思った。こういう人の妻になったら、どういう人生が待っているのだろうといろいろ考えもした。

しかしこの一年、弥生は彼に会うことも、声を聞くことさえもなかったのだ。

育ててくれた伯父夫婦を安心させてあげるためにも、ちゃんとした結婚がしたい。真剣に考え、離婚を申し出にきたのだが……。

（だいたい……一年も放っておいて、処女だって伝えたとたんに不貞が理由じゃないなら確かめさせろ、とか……なんなの……。変態ですか！）

言いたいことはたくさんある。しかしできれば穏便に離婚してもらいたいのでよけいなことは口にしたくない。

しかしながら、二十二年間手付かずのこの身体を、本当に手付かずであるという証明をするためだけに好きにされるのも、ハッキリ言っていやだ。

それも……、初めて会った、一年も妻を放っておいた、あまつさえ「そういえば……結婚していたんだったか……」とか呟いた、名前だけの薄情な夫に。

「……証明とか……慰謝料とか……、そんな脅してまで、え、え、えっちなことがしたいんですかっ」

「男なんだから、当然シたいだろう」

しれっと言われて、わずかにひるむ。

駄目だ。ここで躊躇してはいけない。

「わたしは話し合いをしにきたのであって、そういうことをシにきたのではないんです。

そんなことをシたいなら、お金を出してシてきてくださいっ」

「妻がいるのに?」

にやり……とされ、さらにひるむ。

こんなときだけ妻扱いとは、ズルいにもほどがある。

「だいたいな……」

英隆はハアッと息を吐きながら上半身を起こす。ソファの座面に膝立ちになった状態で、スーツの上着を脱ぎだした。

「気兼ねなく抱ける女がいるのに、わざわざ金を出して女を買うのも面倒だろう」

「気兼ねなく……?」

ぴくり……っと、弥生の眉が動く。

「妻なんてものは、おとなしく夫の性欲処理をして客が来たら愛想よく笑っていればいい。俺はそれ以上は望まない。だが、裏切り行為は許さない。それだから、おまえが不貞を働いていたのではないという証拠を……」

勢いをつけて上半身を起こした弥生は、そのまま英隆を突き飛ばす。

……予定では、英隆がソファから落ち、その隙に弥生が逃げ出す……。はずだったのだが……。

さすがに一五二センチの小柄な弥生が一八〇センチ以上ある体格のいい男性を突き飛ばすことはできず、反対に弥生がソファから転げ落ちてしまった。

「い……痛い……」

怪我をしたわけではなかったので、ひとまず身体を起こして英隆を見る。彼にはなんのダメージもなかったらしく、脱いだスーツの上着を持ったまま「なにをやっているんだ」と言いたげに弥生を見ている。

ハッと気づけば、転げ落ちた拍子にスカートがめくれてお尻が丸見えだ。

——恥ずかしいことこのうえない。

「とっ、とにかくですね！」

おそらく真っ赤になっているだろう顔に熱を感じながら、弥生はスカートを戻して立ち上がり、急いでコートとバッグを持った。

「たとえ夫婦だって、妻がいやがっているのに無理やりシたら、犯罪なんですからね！」

話し合いは終わっていない。それどころかなにも解決していない。

わかってはいるが、弥生は捨てゼリフを残して社長室を飛び出した。

一年前、いきなり結婚を言い渡されたあの日を、思い返しながら——。

第一章　知らない結婚相手

「いらっしゃいませー。……あっ、お仕事お疲れ様です」

ドアを開けた瞬間カウンター越しにかけられるねぎらいの言葉。しかもそれが明るくかわいい声となれば、一日の疲れも吹き飛びそうだ。

さらにそこには明るい笑顔がつけ足されている。効果はてきめん。店の看板娘にそんな応対をされた青年は、頬がゆるみ目尻も下がってしまった。

「こんばんは弥生ちゃん～。仕事むっちゃくちゃ疲れたけど、弥生ちゃんの顔見たら全部吹っ飛んでったよ～」

「本当ですかー？　でもそれだけで取れるわけがないですよ。疲れたときはお肉食べましょう、お肉っ。ステーキ弁当増量中ですよっ」

満面の笑みで、店内メニューの中で上位にランクインする高額弁当を勧める看板娘。そんな彼女の背後には〝ステーキ弁当フェア〟の手書きポスターが貼られている。

フェア商品を注文すると喜んでもらえることを知っている常連として、青年は予定していたからあげ弁当を秒でステーキ弁当に変更したのだった。

アパートやマンションが数多く建ち並ぶベッドタウンの一角。大きな通りに面したバス停前に、お弁当とお惣菜(そうざい)の店【ごはんの石原(いしはら)】がある。

いかにも家庭の食事を連想させるシンプルな店名。常連には「石原さんのところで弁当買って帰る」など親しみを込めて呼ばれている。

店主は元高級旅館の板前とあって、味は折り紙つき。おまけに看板娘は明るくてかわいいとなれば、男性はもとより女性の常連客も多い。

その看板娘が、石原弥生である。

学生のころから店の手伝いをしていた弥生は、高校卒業後、調理師の資格を取るべく二年制の専門学校へ通った。

シェフになって活躍したいとか将来自分の店を持ちたいとか野望があったわけではない。資格を取ったら【ごはんの石原】でガンガンフルタイムで働くつもりだった。

弁当や総菜を作りたてで提供する店に従事する際、調理師の資格は必要ない。それでも資格を取りたかったのは、店主夫婦を思ってのことだった。

店主の石原夫妻は、弥生の伯父と伯母である。弥生は幼いころに事故で両親を亡くし、父の兄である伯父夫婦に育てられた。

伯父夫婦は名の知れた高級旅館の板前と仲居だったのだが、弥生を育てていくために仕事を辞めて弁当と総菜の店を持ち、いつでも弥生のそばにいられる環境を作った。

子どものいない二人は、ずいぶんと弥生をかわいがってくれたのだ。

腕のいい板前だった伯父が旅館での仕事を辞めてしまったのは自分のことがあったからだと、弥生は物心がついたころからずっと気になっていた。

弥生が一人前になって心配がなくなったら、もしかしたら伯父は昔のように腕を揮えるふる仕事をしたくなるかもしれない。

もともと腕は最高にいいのだ。ぜひそうしてもらいたい。

食事を提供する店を持つなら、弥生も絶対に力になりたい。そう考えて調理師の資格を取らせてもらった。

とはいえ、伯父の口からそう聞いたわけでもないので、専門学校を志望したときは「将来の役に立つかもしれないから」と言うにとどめた。伯父夫妻は「弥生がやりたいなら」と快く通わせてくれたのである。最高に感謝しかない。

「ねえねえ、弥生ちゃん」

注文したお弁当が出来上がるまでは待合スペースの椅子で待つのが暗黙の了解。だが、他に客がいないのをいいことに、青年がカウンターに貼りついてきた。

「弥生ちゃんは、仕事が終わってから飲みにいったりするのかい?」

「飲みにですか?　行きませんね」

「じゃあ、家飲み派なの?」

「家でも飲まないです。お酒の美味しさがよくわからないというか……」

「でも二十二歳だよね?　お酒には慣れておいたほうがいいよ」

「そうですか?　ノンアルなら好きで飲むんですけど」

「ノンアルはお酒じゃないでしょ」

「アルコールを美味しいと感じたことがないんですよね。苦手なのかな、とか思ってます。ノンアルの味は好きなんですけど」

　カウンターの中で、持ち帰り用の袋や割り箸、使い捨てのおしぼりを用意しながら受け答えをする。今はお客が一人だけだからいいが、何人も待っているときはまともに答えている余裕はない。

　ふと、この青年はいつも混み合う時間帯に来店している、と思いだす。それなので、こんなふうに世間話をするのは初めてだ。

「そっか、それじゃあさ、今度ご飯でも食べに……」

空いている時間帯を狙って来店した目的に見当がつきかけたとき、ガラスドアの向こうでバス停に到着したバスと、降車して店に向かってくる数人が見えた。

憐（あわ）れ、青年の計画は失敗に終わる。

「こんばんはー、あっ、おまえ、来るの早くないか？　抜け駆けしようってんじゃねーだろうな、こらっ」

「抜け駆け禁止だろ。……やよいちゃーん、オレ、ステーキ弁当、大盛りでね～」

「こんばんはー、あー、ここに入るとホッとするわぁ」

「こんばんは、みんなが選んでるあいだに注文いい？　ビッグメンチカツ五個とキャベツの千切りパックとポテトサラダ」

「あれ～、それ夕飯？　お惣菜でごまかす日ですね」

「いいのっ、私が作るより石原さんのお惣菜のほうが美味しいんだもん」

店内が一気ににぎやかになる。仕事を終えた帰宅民を乗せたバスが到着する時間帯から、夕方のラッシュは始まるのである。

抜け駆けを見破られた青年は他の常連客に睨（にら）まれて下がったところ、注文していたステーキ弁当が出来上がったことで目的を遂げられぬまま撤退した。

「弥生ちゃん、お惣菜のほう、私がやろうか」

厨房から伯母の玲子が出てこようとする。「石原さんのお惣菜のほうが美味しい」発言に感化されたのか、立て続けにお惣菜の注文が入ったので、カウンターの弥生が大変だと感じたのだろう。

　弥生は片手を振ってそれを止めた。

「大丈夫だよ。玲子さんは厨房のほうやっていて。一気に注文が入ったから、そっちのほうが忙しいでしょう?」

　ラッシュ時間に忙しいのはいつものこと。カウンターが注文で忙しければ、厨房はもっと忙しい。伯父夫婦の絶妙なコンビネーションがあるからこそ、他に人を雇わなくても厨房が回るのだ。

「本当に大丈夫?」

「まかせてっ」

　片腕でガッツポーズを作りつつ、カウンター内を縦横無尽に動き回る。元気な弥生の笑顔を見て、玲子も笑顔で厨房へ戻っていった。

　弥生は伯母を「玲子さん」と名前で呼んでいる。

　弥生が伯父夫婦に引き取られたのは六歳のときだったが、そのとき玲子はまだ二十三歳、少々童顔でかわいらしさの残る女性だった。子ども心に「伯母さん」と呼ぶのはなにか違うと感じてしまったのだ。

伯父は伯母の十歳年上で、伯母と結婚する前からすでに「伯父ちゃん」と呼んでいたので、今でも「伯父さん」である。

「弥生ー、生姜（しょうが）焼き弁当ふたつ、あがり」

「はーい」

伯父の陽平（ようへい）から声がかかり、弥生は受け取り窓に急ぐ。袋に詰めているところで店のドアが開く音がした。

「いらっしゃいませー」

看板娘の元気な声が店内に響いた。


「あっ、伯父さん、お疲れ様～」

入浴を終えて髪を拭きながらリビングへ入ると、陽平がダイニングテーブルに置いたノートパソコンとにらめっこをしていた。

「……これを保存して……っと……、よしっ」

Enterキーを押したあとに笑顔が出る。その顔を弥生に向けて苦笑いを混じらせた。

「間違うと玲子に怒られるんだ。メニューが増えたから新しい管理ソフトを入れたとかで……覚えるのにひと苦労だ」

帳簿をつけていたらしい。弥生はキッチンに入り冷蔵庫から缶をふたつ出すと、発泡酒を陽平に渡し、自分用のノンアルコールカクテルを開けながら向かいの肘掛椅子に座る。

「でも新メニュー好評だよ。『石原さんのお惣菜は美味しい』って言ってもらえると、ホント嬉しいよね」

ホクホクしながら缶に口をつける。味覚がちょっとだけ苦みのあるシトラス風味を喜んで、湯上がりの身体に炭酸の刺激が広がった。

「んんん〜〜〜、この一杯のために生きてる〜、って、こういう瞬間を言うのかなぁ」

全身に駆け抜ける爽快感。

ひかえめに言わなくても最高である。

悦に入る弥生を見て、発泡酒の口を威勢よくプシュッといわせながら陽平が声を出して笑う。

「ノンアルでそれを言われてもなぁ」

「いいじゃない、美味しいものは美味しいんだもん」

「本物のほうが美味いぞ」

「こっちのほうが健康的ですっ」

「いい、いい、女の子はそんなに酒が飲めなくたっていいんだ」

弥生はアルコールが苦手である。すぐに酔って具合が悪くなるので、飲めないと言うのが正解だ。しかしジュースとは一味違ったカクテルの甘さが好きで、ノンアルコール飲料の愛飲者である。

陽平が身を乗り出して弥生の缶に自分の缶を打ちつける。乾杯の雰囲気を感じ取った弥生は、仲良く缶をあおった。

「はぁーっ、これだなっ」

「はぁ~、おいしぃーっ」

「ちょっと、なぁに？　中年のオジさんが二人いるみたいよ」

二人そろって至福を叫ぶと、呆れた様子の玲子がリビングに入ってくる。妻を見上げ、陽平が不満そうな顔を作った。

「中年のオジさんって……玲子さん」

「陽平君は自分を中年じゃないとでも？」

「オレは仕方がないけどさ、弥生はぁ」

「オヤジギャルって、もう死語なの？」

「……玲子さんはたまに、古き良き時代の言葉を使うよね」

「陽平君が教えてくれた言葉ばっかりだけど？」

「あちゃぁ～」

最近広くなってきたひたいを手でぺしっと叩き、陽平は苦笑いでおどけてみせる。ひと回り歳が離れていて子どももいないせいか、二人は「玲子さん」「陽平君」と呼び合う。夫婦仲はとてもよく、年下の奥さんに陽平がベタ惚れなのである。

自分の両親がどんな人たちだったのかあまり覚えていないこともあり、もし自分が結婚したらこんな夫婦になりたいと思うほどだ。結婚、家族。普通でいいからそんな幸せを手に入れたい。

「玲子さん、仕込みお疲れ様。飲む？」

弥生が缶を掲げながらねぎらうと、玲子は片手を小さく振って遠慮する。

「うん、お風呂上がりにする。……弥生ちゃんは……もうお部屋に戻っちゃう？」

玲子が探るように聞くので、察しをつけた弥生はにこっと笑った。

「まだいるよ。お喋りしながら一緒に飲もっ」

「きゃぁっ、じゃあ、急いで入ってくるね」

「えー？　玲子さん、オレは？」

「陽平君はこれから仕込みでしょう?」

　女二人が楽しそうにしているところに入りこもうとするが、陽平はあっけなく現実の前に敗れ去る。気の毒に思った弥生がフォローを入れた。

「明日は土曜日だし、家族客が多くなるし、お昼どきは忙しくなるね。先週伯父さんのご飯が美味しいって喜んでくれた社宅の子どもたち、今週も来てくれるかな。かわいかったよね~。よーし、わたしも頑張るぞー」

　ちょっと張りきったのだが、なぜか陽平が笑うに笑えない複雑な表情をしている。そして、カラになったのであろう発泡酒の缶をベコッと潰し、声のトーンを落とした。

「弥生……、おまえも、もう二十二だし……」

「え?　うん」

「大学に行ってりゃ、就活だ内定だってバタバタしてるころだろう。……弥生も、そろそろ、普通の会社に勤めることを考えたほうがいいんじゃないか、って思うんだ」

「伯父さん……」

「将来の役に立つかもしれないから、なんて言って専門学校に入ったけど、弥生は頭もいいし、本当なら大学で勉強させてやりたかったし、いつまでも弁当屋でいらっしゃいませやらせておくのもな、って思うんだよ。普通に会社で仕事してさ、いい男見つけて結婚なんかして、家庭を作って幸せに……」

「わたし、今、ものすごく幸せだけど？」

陽平の言葉に割りこみ、弥生は缶の残りを飲み干す。陽平の真似をして軽く缶を潰し、不満げに言葉を出した。

「それになに？　わたしは、やりたくてお弁当屋さんでいらっしゃいませやってるの。駄目なの？　わたしはこの仕事が好きだよ。伯父さんと玲子さんと一緒に、お客さんに美味しいご飯を食べてもらう仕事だよ。別に、二十二になったから、とか、そんな理由で切り替えなくちゃいけないことじゃない。結婚だって、会社に勤めてないとできないもんでもないでしょ？」

「弥生……」

そうは言っても、なかなか出会いらしき出会いはない。夕方の抜け駆けした彼を思いだし、あるとしてもお客さんくらいだろうと思う。

「そんなことより、考えなくちゃならないことがもっとあるでしょう。クリスマスや年末年始のオードブルとか、フェアとか。年末年始のアルバイトさん募集のことだって。店主が店のこと考えなくてどうするの」

「ご……ごめん」

「ってわけで、明日も頑張るよ、伯父さんっ」

片腕でガッツポーズを作ると、陽平も「お、おうっ」と応えながら同じポーズをする。

そのあとで、姪を説得できなかった伯父をフォローした。

「……でも、そうやって心配して気を使ってくれて、ありがとね、伯父さん」

「やよいぃ～」

我が子のように育ててきた姪からの感謝は、陽平の心にググッとえぐりこんだようだ。

少々情けない声を出してから玲子を見上げ、満面の笑みで立ち上がった。

「よぉし、オレもひと仕事してくるかぁ」

「頑張るのはいいけど、たまには伯父さんも休んでよ？　年末の忙しくなる前に休んでおかないと、肝心なところで倒れちゃうよ」

「オレはそんなにやわじゃねーよ。……あー、でも……」

陽平はなにかを思いだしたように口調を改め弥生に目を向ける。

「そういえば、しばらく守田さんのところに行ってないな……。弥生、次の休みに行くって言ってたよな。ご無沙汰してすみませんって謝ってたって伝えてくれるか。オレも近々見舞いに行くよ」

「大丈夫だよ。伯父さんが忙しいのは知ってるし、お祖父ちゃん、そんなこと気にする人じゃないから」

弥生はアハハと笑って手を軽く振る。

守田は弥生の母方の祖父である。両親を事故で亡くしてから、祖母が生きていたときは一緒に暮らしていたが、同居が始まってすぐに祖母が亡くなりいろいろあって、弥生は伯父夫婦に引き取られ育てられた。

祖父は消防隊員だったこともあって威勢のいい元気な人だ。数年前に病気を患い、手術をしてからは入退院を繰り返している。

今も入院中だが、今回はずいぶんと長い気がしていた。

「病院に行くんだろう？　守田さんにかぼちゃのそぼろ煮、持っていってくれ」

「お祖父ちゃん喜ぶよ。伯父さんのお惣菜、いっつも美味しいって言ってくれるから」

「じゃあ、ワカサギの甘露煮も用意しましょうよ。日曜日あたりには味もしみていい感じになるから」

ワイワイと話に花が咲く。母方の祖父なので伯父夫婦にはそこまで縁が近い人ではないのに、こうして近しい親族のように気を回してくれるのは、やはり弥生のことがあるからなのだろう。

「行ったら、主治医の先生にいつ退院できるのか聞いてみるね」

退院したら、来年の年賀状はどんなデザインにするか相談しなくては。

まだ十月だが、お店のイベント合わせの準備と一緒で、早めに決めておかなくては手が回らなくなる。

祖父の年賀状をパソコンで作ってあげるのは、弥生の役目だ。二人でいろんなデザインを見ながら「あーだ」「こーだ」お喋りするのは毎年の楽しみである。


――しかし、弥生は年賀状を作れなくなってしまった……。

翌日、祖父が他界したのだ――。


その後、祖父の葬儀、遺品整理や後片づけ、四十九日と……。

ゆっくりと悲しんでいる暇もなく慌ただしくしているうちに時間だけは過ぎ、落ち着きを取り戻したころには、今年もあと一ヶ月と少しを残すだけとなっていた。

祖父はいなくなってしまったが、世界が変わるわけではない。

ごはんの石原は変わらず美味しいお弁当やお惣菜を提供し、陽平と玲子は仲のいい夫婦で、弥生は看板娘として頑張る。

また、その日々が流れていくだけだ。

そんな日常に変化が起こったのは、朝からどんよりとした空模様が続いていた、肌寒い日の夜のことだった。

亡くなった祖父が遺言状を残していたと連絡が入り、二人の男性が訪ねてきたのである。

二人とも弁護士だった。年配のほうの弁護士は遺言書を作成した際の証人として話を進め、もう一人の比較的若い弁護士は立会人として作成の場にいたらしい。

じつは立会人はもう一人いて、本来ならば同行するはずだったのだが年輩のため入院していて欠席となった。

彼の略歴を見せてもらったところ元消防隊員とあり、どうやら祖父の元上司のようだ。

祖父の財産になりそうなものは持ち家くらいだった。いったいどんな遺言なのだろうと不思議だったが……。

それは、とんでもないものだった……。

内容は、弥生のこれからに関して。

――伊集院英隆という男性と結婚するように、書き記されていたのである――。

これは夢か……。

なにかの冗談か……。

夢なら、そろそろ醒めてもいいのに。

そう思いながら目の前に積み上げられた様々な書類などを眺めるが、そのひとつも消えてくれる気配はない。

遺言書の話をしにきた弁護士たちが帰ると、客間には正座したまま固まる弥生と、その横で同じように書類の山を凝視する陽平、そして湯呑(ゆの)みを片づけようとお盆にのせたはいいが、やはりテーブルの上を眺めてしまう玲子がいた。

弥生だけではなく、二人も同じことを考えているのだろう。

今のは夢か……と。

「……すごい……遺言だったな……」

陽平が口を開くと、玲子がハッと我に返ってお盆を持って急いで部屋を出ていく。すぐに戻ってきたと思えば弥生の横に膝を落とし、手に持っていた缶をピタッと彼女の頬にくっつけた。

「冷たっ……！」

「飲む？」

いきなり襲った冷気。なにかと思えば、玲子がノンアルコールカクテルの缶を持って弥生にお伺いを立てている。

缶を受け取り素早く開けて、勢いよくあおる。緊張で喉が渇いていたせいもあって、冷たい微炭酸が吸いこまれるように体内に吸収された。

「おおー、一気、お見事」

陽平がパチパチと拍手をする。冷やかしているわけではなく、これは本気で言っている。しかし少々こわごわとした雰囲気が伝わってくるので、弥生の様子が気になるのだろう。

「あ～～～～」

おかしな声を漏らしながら、弥生は缶をベコッと握る。

喉は潤ったし冷たさで頭もスッキリしたのに、目の前の書類は消えていない。

「……伯父さん……」

「ん？」

「……わたし……結婚しちゃったの？」

一拍置き……陽平が柏手（かしわで）のような拍手をした。

「おめでとう」

「いやいやいやいや、そうじゃなくてさぁぁっ」

「まさか、こんなに早く嫁にいくとは思わなかった」

「いやいやいやいや、わたしのほうが思ってないからぁっ」

陽平のセリフは棒読みだ。困惑しているのはもちろん、どう反応するべきか迷っているのだろう。いきなり姪が、遺言で見ず知らずの男性と結婚することになってしまったのだ。伯父として困るのはわかる。

しかし、一番困っているのは弥生だ。

『こちらに婚姻届がございます。弥生さんのサインだけで済むようになっておりますので、このあと提出させていただきます』

弁護士が出した婚姻届には、すでに相手のサインがあった。遺言どおり滞りなく進むよう、完璧な下準備のもとにやってきたのがわかる。

その証拠に、ここまでの展開がやけにスムーズだった。ひとつの引っかかりもなく、遺言読み上げから説明から婚姻届に至るまで、計算し尽くされたかのように問題なく進んだのだ。

帰りしなに婚姻届を代理提出すると言っていた。

ということは、事実上、弥生は結婚した……ということになる。

「弥生ちゃん、すぐにサインしちゃってよかったの？　せめてお相手の方と一度お話しするとか……」

「そうだよね、そうだよね、そうなんですよねぇ！！！！」

今ほど玲子を特級の常識人だと思った瞬間があるだろうか。

彼女の言うことはもっともすぎる。あろうことか、弥生はすぐにサインしてしまったのだ。

「そうなんだよね……。……でもさぁ……、こんな手紙読まされたら……」

祖父の遺言とはいえ、降って湧いた結婚話に弥生は警戒した。誰だってそうだろう。

そんな弥生を懐柔し、その気にさせたものが膝にのっている。生前に祖父が弥生宛てに書いた、便箋十枚に及ぶ手紙だった。

そこには、自分の病気が弥生が思うより重かったことや、たった一人の孫だった弥生に対する祖父の愛情がしたためられている。

いきなりの話に驚くとは思うが、この結婚は弥生のためになると確信している。弥生の幸せを心から望んでいる云々。

小さかった弥生のかわいい思い出話を交じえ、両親が亡くなったときに「パパとママはいつ帰ってくるの」と聞く弥生を抱きしめて一晩中泣いたこと、自分一人では弥生をシッカリ育ててやれないと感じて石原夫婦に託したあとの寂しさ、いくつになっても「お祖父ちゃん」「お祖父ちゃん」と笑顔を見せてくれる弥生を慈しむ気持ち。

大好きだった祖父の気持ちがこれでもかとばかりにあふれ出ていて、弥生は胸が張り裂けそうだった。

その祖父が、弥生のために用意した結婚。

弥生のためになる。絶対に幸せになれると信じてくれたもの。

——そんな祖父の気持ちを、踏みにじれるはずがないではないか。祖父の厳選した相手だ。これも運命かもしれない。

弥生は祖父の手紙に気持ちが最高潮に高まって、出された婚姻届になんの迷いもなくサインしてしまったのである。

「でも、すごいお相手ね……。守田さんの大切なご友人のお孫さん、らしいけど。そのご友人がすごい方だったってことでしょう?」

弥生以上に困惑している様子の夫の背をさすりながら、玲子がテーブルの上を見る。そこには遺言にまつわる書類の他、結婚相手に関する資料がそろえられている。

薄いわりには表紙が妙に立派なファイルを手に取り、弥生は見てはいけないものを見るかのようにおそるおそる開く。しかし開くのは二度目。先程も目を丸くして見た。

「ほんと……ビックリだよね……」

初めに見えるのは、夫となる男性のプロフィール。

伊集院英隆という男性は弥生の八つ年上だ。小中高、大学まで、有名な一流どころを卒業し留学経験もある。

そして、日本屈指の大企業、アイ・ジェイ・アイグループの代表取締役社長、である。

それだけでもすごいというのに……。

弥生はごくりと喉を鳴らしてからファイルをめくる。一度穴が開くほど眺めたページだが、再度見るとなるとなぜか覚悟がいる。

見ていいのだろうか。そんな申し訳なさが湧き上がって、心のなかで、すみませんお邪魔しますと断っていた。

そのページは、伊集院英隆氏の写真だ。

まるで肖像画のような上半身アップと全身。写真用にポーズを取っているものではなく、誰かと会話している雰囲気の表情と、デスクの横に立っているもの。

涼しい目元にシャープな顔立ち。ソフトなオールバックがとてもナチュラルで、……どちらの写真も凛々(りり)しく、とんでもない美丈夫だ。

(うわぁ……かっこいい……)

改めて見てもその感想しか出てこない。おまけに海外のモデルかと思うくらいスラリとしていて、スーツが似合っている。

ごはんの石原のお客さんにもサラリーマンの男性は多いが、こんなに洗練されたスーツ姿の男性を見るのは初めてだ。

「しっかしいい男だな……。なんか芸能人の写真の切り抜きでごまかされてる気分になる」

覗きこんだ陽平は鼻にしわを寄せる。芸能人でもこんなかっこいい人はなかなかいないとは思えど、自分の夫になった人だから過剰に褒めていると思われるのも恥ずかしくて、弥生は一緒に疑ってみせた。

「写真の加工とか修整って、みんな普通にやるもんね。これもそうかも」

アハハと笑いつつ、あとでネットで顔写真を検索してみようと心に決める。

「でも、当面今までどおりの生活をしていていいなんて、ちょっとおかしな話だな……」

陽平の声はいつになく深刻だ。姪が結婚する、という話自体はめでたいが、その内容がイマイチ呑みこめないのだろう。

「そうね、弥生ちゃんが結婚してもここにいてくれる、っていうのは嬉しいけど」

玲子も疑問を口にして立ち上がる。「お茶の用意してくる」と言って部屋を出ていった。

結婚したら夫婦は一緒に住むものだ、普通は。しかし今回のこの婚姻は、別居からスタートということになる。

弁護士の話では、急な話だし、相手側の仕事が忙しく、今は結婚準備などに時間を割くことができない。

それなので、入籍だけをして、あとのことは追々決めていきたいとのこと。

結婚後、弥生に妻としての拘束はなく、今までどおりの生活をしていて構わない、もちろん仕事も続けていい。

つまりは、入籍して結婚したという事実だけはあっても、他はなにも変わらないということだ。

（変わらないのに……あんなの渡されてもなぁ……）

チラッと視線を移した先には黒い革製のフラットポーチがある。中には伊集院英隆氏名義の通帳とカードが入っていた。

恐ろしくて見返せないが、通帳には結納金として、最初に七の数字がついたうしろにさらにゼロが七つつくという金額が記されていた。

おまけに毎月生活費とやらが入金されるらしい……。

妻が夫名義の口座から生活費をおろす……というのは、実に夫婦らしい、のだが……。

（通帳にのってる金額がすごすぎて、このうえ生活費とか……。なにに使うの？）

今までと、生活自体はまったく変わらない。

弥生は石原家に住んでいるし仕事もしている。夫婦の生活費というのは、二人で一緒に生活するからこそ必要になるものではないだろうか。

無意識のうちに「うーん……」と、うなっていた。それに気づいたとき、背中をやや強めに叩かれる。

「そんなに悩むなって、弥生、大丈夫だっ」

急に陽平が明るい声を出して、親指を立ててにひひと笑った。

「なーんか変な結婚だけど、こういったお偉いやつらってのは庶民の常識ってのが通じないのかもしれないしな。それでも、当面一緒に暮らすわけじゃないのに生活のことまで考えてくれてるってのは、いいことだろう」

「うん、まあ、それは……」

「それに、向こうは、今は忙しくて結婚の準備に手が回らないって言ってるだけだし、落ち着いたらそんな話も始まるだろう。ちょっとスタートがおかしいけど」

「そうだよ、弥生ちゃん。そのうち連絡もくるだろうし、ちゃんとした結婚準備も始まるよ。いいこと言うね、陽平君」

湯呑みをお盆にのせた玲子が入ってくる。愛妻に褒められた陽平は「まあな」と頭を掻いて得意顔だ。

言われてみればそうなのだ。遺言に書かれていたとしても、祖父がいつ亡くなるかなんてわかっていたわけではないのだから、相手側だっていきなり結婚だ夫婦だとなっても、すぐに同居とはいかないだろう。

大きな会社の社長ならきっと忙しいだろうし、玲子の言うとおり「そのうち」連絡がくるのを待つしかない。

「そうだね。伯父さんや玲子さんとも一緒にいられるし、仕事も続けられるし、式なんか急ぐ必要ないんだしね。考えてみればラッキーだよ」

弥生がやっと笑顔を見せたので安心したのだろう。陽平は「よし、明日も頑張ろうな」と弥生の背中をやや強めに叩き、玲子はニコニコしながら湯呑みを配った。


「結婚かぁ……」

自室のベッドに寝転がり、弥生は夫になった男性の写真を眺める。

何度見ても素直に素敵だと思える。こうして写真ばかりを眺めていると、これは結婚相手などではなく雑誌にのってるモデルに見えてくる。

加工や修整をしているのかもしれないしネットで検索してみようかとも思ったが、公に流れているもののほうが修整されている可能性もある。

それに、せっかく素敵な人と結婚したんだという気持ちになっているのだから、ちょっとこのまま浸りたい。

「向こうだって、わたしの写真とか見て、それなりに気に入ってくれたってことだよね」

会ったこともない相手に胸がドキドキする。別世界の人だけど、メルヘンな考え方をすれば、王子様に見初められた庶民みたいなもんじゃないだろうか。

確かに、なんだかおかしなことになった気はする。しかし、祖父が弥生を困らせるようなことをするはずはないし、この結婚が弥生のためになるのだと考えてくれたのなら、それにかけてみてもいい。

そのうちに、向こうからも連絡がくるだろう。

(そうなったら……この人と家庭を作るっていうことになるのかな……)

写真を閉じて横に置き、天井を眺める。

――変な気分だ……。

結婚というものに、密かに憧れていた。

夫がいて、妻がいて、……子どもがいて……。ひとつの家族ができる。

結婚、というより家庭に憧れていたのかもしれない。

ほぼ記憶にない両親。どんなふうにかわいがってもらえたのか、覚えてはいない。
亡くなった祖父母にはかわいがってもらったし、伯父夫婦は我が子同然に育ててくれた。両親はいなくても弥生は幸せだと思う。

それだから自分も、伯父夫婦のように仲がいい家庭を築きたい。

「……できるかな」

夫になった彼と会えたら、そんな話もできるだろうか。

仮にも結婚して夫婦というものになったのだから、そんなに長く会えないということもないだろう。

それとも、会わないまま籍を入れるような形を取ってしまったことを気にして、連絡を取りづらく思ってしまうだろうか。

この先、クリスマスや年末年始など、イベントごとが多い。もしかしたらそのときに会おうと言ってくるかもしれない。

夫婦のイベントがいきなりクリスマスというのも、特定の男性とそんな時間を過ごした経験のない弥生にはなかなかハードルが高いが、それならなにかプレゼントを考えておいたほうがいいだろうか。

夫とはいえ、社長という立場の人にはなにを贈ったら喜んでくれるんだろう。

顔をかたむけ、壁にかかったカレンダーに目を移す。十二月、クリスマスや年末年始はお店が忙しい。

夫婦一緒にゆっくり過ごす時間など取れないかもしれない。

「……ダメかなぁ」

苦笑する弥生は、思考が恋する乙女のそれになっていることに気づけないまま……。

そんな日がくるのが、ちょっと待ち遠しかったのである……。

遺言で、会ったこともない男性と結婚をした。

そのうち会えるだろうと思い続け……、クリスマス、年末年始、バレンタインデー、桃の節句、ホワイトデー、卒業入学シーズン、桜の季節、ゴールデンウィーク……などのイベント事が過ぎていき……。

春が過ぎ、夏が過ぎ、秋がきて、祖父の一周忌が終わり、なんとなく一段落を感じたころ……。

それでも、夫となった人からの連絡はなかった。

生活費だけは入金されているので、忘れられてはいないようだ。しかし電話一本、葉書の一枚も送られてきたことはない。

入籍だけとはいえ、結婚したときのあの浮き立った気持ちはなんだったのだろう。ここまで放置されるとすっかり冷めてしまっている。というか馬鹿にされている気分だ。

あれから何度か伊集院英隆氏をネットで検索し、その姿や仕事ぶり、インタビューなどを読んだ。

修整しているからこんなに素敵なのではと疑ったのが申し訳ない。彼はどの記事を見ても素敵な男性のままだ。おまけに活動的で仕事もできる切れ者らしい。

結婚したことは明かされていないのか、話題にもならない。こんなに素敵な男性なのに、浮いた噂(うわさ)のひとつ見当たらない。

昨年弥生と籍を入れてるのだから浮いた噂があっても困惑するが、結婚していてもおかしくない大企業のトップが独身で、おまけにすれ違った瞬間五度見してしまいそうな美丈夫とあれば興味本位の噂話があってもおかしくないのに。

弥生は、本当に自分が結婚したのか、わからなくなりそうだった……。

「こんばんはー」

店のドアが開く音がして、カウンター内の拭き掃除をしていた弥生が顔を上げた。

「あ、いらっしゃいませ、坂口(さかぐち)さん」

笑顔でカウンターの定位置に戻る弥生を見て、坂口浩平(こうへい)も笑顔で手を上げる。

「お掃除中だった？」

「大丈夫です。黙って立ってるのもアレなので、動いていただけですから」

「弥生さんは働き者だね。あ、ミックスフライ弁当ひとつと豚汁。……それと……」

もったいぶった様子を見せながら、坂口が小さな紙袋をカウンターに置いた。

「フルーツゼリーなんだけど。差し入れ」

「嬉しいですけど受け取れませんよ。坂口さんには先日もプリンの差し入れを……」

「仕事柄いろんなクライアントのところに行くし、相手がお店だとおつきあいで買ったりするんだ。僕フリーでやってるから従業員はいないし、食べきれないから、もらってくれたら嬉しい。いつも美味しいお弁当を出してくれてるお礼だと思って」

「……ありがとうございます」

弥生がお礼を言うと、坂口はメガネの奥の目をにこっとさせる。

坂口は半年ほど前から常連になった。三十三歳でフリーの経営コンサルタントだという。ほどほどに整った顔立ちに落ち着いた雰囲気は、相談事を持ちかければ必ず力になってくれそうな頼もしさを感じさせる。

「坂口さん、いつもありがとう」

静かな店内での話し声が厨房にも聞こえたのだろう。玲子が小窓から顔を出してお礼を言う。坂口も笑顔を崩さず会釈した。

玲子に注文を通したあと、坂口がまだカウンターの前に立っているのに気づく。いつもは椅子に座って待っているのにどうしたのだろう、注文の追加でもあるのだろうか。

そのとき弥生の目に、店の前に停まったバスが見える。ぞろぞろと降りてくる乗客。学生や仕事帰りの社会人、中には顔見知りの人たちもいる。

平日のこの時間は、お店が忙しくなる時間。……の、はずだった……。

「いらっしゃいませ」

入ってきたのは年配の女性一人。サバの塩焼きと煮しめのパックを買って店を出た。

また店内が静かになる。バス停にもう人の姿はない。店の前を通りかかった男性が一瞬店内に目を向け、弥生を見て気まずそうに速足で通りすぎた。

以前、抜け駆けを常連たちに指摘された青年だ。彼の手には、半年前、道路を挟んで向かい側にできたファミリーレストランの袋が握られていた。

名の知れたファミリーレストランのチェーン店だ。若者向け、家族向けのメニューが充実していてテイクアウトもできる。

大型店ならではは独自の仕入れシステムでお値段もリーズナブル。知名度や大々的な広告、物珍しさも手伝って店は連日にぎわっている。

……当然、ごはんの石原の常連だった人たちもファミレスに通いはじめ……。

店は、信じられないくらい客入りが悪くなってしまった。

小さな個人の店が、知名度のあるファミレスに敵うはずもなく。

正直、ごはんの石原は青息吐息だ。

(このままじゃ……)

「弥生さん」

声をかけられ顔を向けると、相変わらずカウンター前に立ったままの坂口がなにか言いたそうな顔をしている。

もしかして深刻な顔をしていたのかもしれない。弥生は笑顔を繕いカウンターに近づいた。

「はい、どうしました？　追加ですか？」

カウンターに身を乗り出した坂口が「これ」と小声で言いながらなにかを滑らせる。視線を落とすと、彼の名刺が弥生の前にあった。

「お店のことでも、弥生さん自身のことでもいいから、困ったことがあったら相談して」

名刺の名前の下にある電話番号に赤い線が引かれ、さらに「いつでもかけて」と手書き

されている。

「僕は、もともとお店の経営の相談に乗りたくてこの店を訪ねたけど、そのときは店主さんに『そんなに深刻に考えてないから』と断られてしまった。だけど、やっぱり力になりたいって思うんだよ」

「坂口さん……」

「店主さんは、『いいや、まだ頑張れる』って言いそうだし、弥生さんから見て、これはなんとかしなくてはと思うなら、遠慮なく言ってほしい。——結婚しているはずの弥生さんが、なぜずっとここで働いているのかも気になるし」

声が出なかったぶん、ずいぶんと驚いた顔をしてしまった気がする。

特別な事情のある結婚。それを他言したことはない。公にできるときがきたら、そのときでいいと思っていた。

なぜ坂口は、弥生が結婚していることを知っているのだろう……。

「それ……」

「弥生ちゃん、あがったよ」

玲子から声がかかり、弥生は慌てて受け取りに走る。袋に詰めてカウンターへ戻ると、坂口はなにもなかったかのように受け取り、店を出ていった。

渡された名刺を手に取り眺めていると、玲子が厨房から出てきた。慌ててエプロンのポケットに入れる。

「あがっていいよ。もうすぐ陽平君も出てくるし、それまで私がお店にいるから」

「……はい」

店が極端に暇なせいもあって、弥生が店をあがる時間も早くなっていた。

以前なら大忙しだったこの時間帯も、厨房は玲子一人で余裕だ。最近は夕方に陽平が休憩を終えて戻ってくると、玲子も仕事を終えてあがってしまう。それから何時に店を閉めるかは陽平次第。

弥生は「おさきでーす」と明るく言い、坂口からもらった紙袋を手に厨房経由で自宅へ入った。

そのままリビングへ向かう。案の定、陽平がパソコンとにらめっこをしていた。

「伯父さん」

考え事でもしていたのか、声をかけられて明らかに驚いたようだ。彼にしては珍しくビクッと身体が跳ね上がっていた。

「驚かせちゃった？　ごめんね。あのね、坂口さんがフルーツゼリーの差し入れをしてくれたの。冷蔵庫に入れておくから」

「あ……ああ、そうか、……坂口さん、今日も来てくれたのか」

「うん、嬉しいね」

「いい人だよな……」

なんだかしんみりしている。弥生は意識して元気のいい声を出した。

「伯父さん、坂口さんにお店の相談したらいいのに。それを待ってるから通ってくれてるんじゃないの？」

「……もう無理だよ」

「伯父さん？」

陽平は深くため息をつき、パソコンの画面をつつく。

「売り上げもなにもかも、落ちるところまで落ちたって感じだ。仕入れもままならなくなりつつある。今さらコンサルタントの人に相談したって、改善できないうちに相談料も払えなくなるさ」

半年前からじわじわと減りはじめた客足。弥生も危機感はあったものの、陽平や玲子が頑張っている姿を見るとよけいな口出しはできなかった。

（もう少し……なんとかできたら……）

弥生はハッと思いつく。——お金なら、なんとかできるのでは……。

「……伯父さんっ……、店の経営を立て直すための資金なら……」

そこまで言ったとき、陽平が厳しい顔で片手を伸ばし、手のひらを立ててストップの動作をする。声で制されたわけではなくとも、弥生の言葉は止まった。

「弥生が……なにを言いたいかはわかる。でも、そんなことは考えるな。逆に……そんなことを考えさせて、すまない……」

厳しい顔は徐々につらそうなものに変わり、陽平は顔を下げた。

資金ならある。弥生が結納金としてもらった大金も、毎月入金される生活費も手付かずだ。店のために使ってもらえるなら、弥生はそう思ったのだが……。

それは、伯父をつらくさせるだけだった。

「弥生」

「はい？」

「……別の仕事を見つけろ」

言葉が出ない。以前言われたときは毅然と言い返せたのに、こんな状況で、なにが言えるだろう。

……そのうち言われるのではないか。そんな気はしていた。

「普通の会社に就職して、普通に結婚……は、もう無理だけど……でも、弥生にはさ、おかしな心配をしないで、幸せになってほしいんだ……」

陽平は顔を上げない。ときどき笑う声が震えている気がする。

「弥生の……両親とさ……守田さんに、顔向けできないだろう？　嫁に出すまで頑張るからって言ったのに……。嫁には、もう行ったような行ってないような……だけど……」

胸が痛くて、弥生まで泣きそうだった。親代わりになって弥生を育ててくれた伯父夫婦。

平凡でも幸せになってほしいという願いを、弥生の両親と祖父のぶんまでかかえていた。

かわいがってくれた伯父夫婦のためになりたいと、弥生だって頑張ってきたはずなのに。

今、弥生の存在が、伯父をつらくさせているのではないだろうか……。

「……わかったよ……、伯父さん……」

小さな声で呟き、奥歯を噛みしめて、弥生は泣きそうな自分に耐える。大きく息を吸い、少し明るい声を出した。

「ゼリー、冷蔵庫に入れておくからね。早く食べないと、全部食べちゃうよ」

そのままキッチンに走りこみ……、少し、泣いた――。


翌日、弥生は坂口に電話で連絡を取った。

そのうち伯父に話して相談をさせるので、力になってやってほしいということと……。伯父の、平凡でもいいから幸せになってほしいという願いを叶えてあげるために、自分はなにをすべきか。それを考えたいという話をした。

『……弥生さんは……、結婚を解消したほうがいいと思う。今の状態は、結婚しているという事実があるだけで、弥生さんが幸せになるための自由を縛りつけているようなものだから』

坂口が初めて店を訪れた半年前、店のことを調べていて弥生が結婚していることを知ったらしい。

相談した手前、結婚は遺言があったからだとの説明はしたが、それ以上は話さなかった。彼は、籍が入っただけのものと受け取ったのだろう。

離婚することを勧められた。

この一年、なんの音沙汰もない、名前だけの夫。

祖父の願いではあったものの、この状態を続けても祖父が望んだ幸せは摑めないと思う。やはり離婚をして、普通の会社に入って仕事をして、気の合った人と出会っておつきあいをして結婚して……そんな未来を目指すのが一番いいのかもしれない。

そのほうが、伯父夫婦を安心させてあげられるのかもしれない……。

弥生は一年前に結婚の手続きにきた弁護士に連絡を取り、伊集院英隆氏に会いたいと申し出た。

離婚をしてもらうために――。

アイ・ジェイ・アイグループ、株式会社ＩＪＩ商事本社ビルは、都心に建つ四十階建ての高層ビルである。

まず、到着した瞬間、その大きさに眩暈がした。

普段目にするのは、どんなに大きくてもベッドタウンに建っている十階建てくらいのマンションまでだ。

おまけにエントランスはどこの商業施設だと思うくらい広く、インフォメーションセンターの受付嬢は美人で感じがいい。

自分と同年代の女性を目にしても、別世界の人に見える。いや、この会社自体が別世界のようだ。

普段の環境とまったく違う場所なのだから仕方がないとはいえ気後れしてしまう。

弁護士が話をつけておいてくれたので、受付で名前を伝えるとその後はスムーズだった。

すぐに男性がインフォメーションセンターまで迎えにきてくれたのだ。

「私は社長の秘書を務めております、高野と申します。以後、お見知りおきください」

秘書だという背の高い五十代くらいの男性は、とても丁寧に弥生を迎えてくれる。名刺までくれた。

彼は社長が一応結婚したことを知っていて、今日は妻が会いにくると認識しているからこそ、こんな丁寧にあいさつをしてくれるのだろう。

「おそれいります。お名刺、ありがとうございます」

受け取りはしたが、離婚すれば縁もゆかりもない人になる。会社のロゴが箔押しで入った手触りのいい、高級だとわかる名刺だ。もらってしまうのが申し訳ないような気もした。

エレベーターで最上階まで行くと、緊張も最高潮に達する。

もうすぐ会えるのだ。結婚して一年、会うことのなかった夫に。

ホテルかと勘違いしてしまいそうなほど広く立派な廊下を歩き、高野が立ち止まったドアの前で一緒に足を止める。

「失礼いたします、社長。奥様をお連れいたしました」

奥様、の言葉にドキリとする。もちろん弥生のことを言われているのだが、そうは思えなくて複雑だ。こんな呼ばれかたは、これっきりになるのだから。

ドアを開き、高野が道をあける。とたんに視界が開け、広い室内と壁一面の大きな窓が目に入った。

……そして、大きなデスクに座る人影……。

しっかりとその人影を見られないまま頭を下げ、室内に足を踏み入れる。

「お飲み物をお持ちいたしますか？　なにか御入用でしょうか」

「必要ない。下がれ」

「承知いたしました」

高野は従順に頭を下げ、ドアを閉めながら退室する。

(今のが……この人の声……)

結婚して一年。初めて聞いた夫の声は、とても冷たく厳しいものだ。深みがあって素敵な声ではあるが、ちょっと怖い。

弥生はゆっくりと顔を上げ、まっすぐに彼を見た。

そこに、しつこいくらい写真を眺め、さんざんメディアで見た、伊集院英隆がいる。写真を修整しているんじゃないかと疑ったこともあるが、この人のどこをどう修整するというのだろう。

修整すべき個所など見つけられない。修整行為こそが罪だ。おまけに……。

（え……？　実物のほうが……かっこよくない？）

もしや、あまりにも完璧すぎる美丈夫なので、少し落とす加工がされていたのではと疑いたくなった。

こんなにパーフェクトな人と結婚していたなんて。もし一緒に暮らしていたら毎日見惚れて大変だったかもしれない。

「……おまえが、〝弥生〟か？」

「は、はいっ、石原弥生ですっ」

話しかけられたことに驚いて身体がビクッと震える。ゆっくりと立ち上がった英隆がクスリと笑った。

「石原？」

「あっ！」

つい石原姓を名乗ってしまったが、本来ならば弥生は〝伊集院弥生〟なのだ。

身内の店で働いているため、姓が変わってもあまり煩わしさを感じることはなかった。

結婚したことは伯父夫婦しか知らなかったし、自分で「伊集院」と名乗る機会もなかった。

とはいえ……、結婚相手の前で旧姓を名乗ってしまうとは。

（どうせ旧姓に戻るんだけど）

「すみません……名乗るのが、慣れていなくて……」

一応謝りながらゆっくりと歩を進める。逆に、英隆は速足でデスクを回り弥生に近づいてきた。

「ふぅん？」

いきなり輝かんばかりの秀逸なご尊顔が弥生を覗きこむ。驚いて足が止まり、おののくあまり顔が引き攣った。

「……そうか……こんな顔だったか」

「……はい？」

「そういえば……結婚していたんだったか……」

「は……ぃぃ？」

「おまえから会いたいと連絡があったと弁護士に聞くまで、結婚したということを忘れていた。秘書から、奥様が会いにこられますと言われたとき、反射的に『誰のことだ』と聞いてしまった」

英隆は身体を起こし、腰に片手を当てて息を吐く。

「秘書が覚えていてくれて助かった。祖父の遺言で結婚しなくてはならない女がいるというのは頭にあったが、そういえば話が動いたのが去年だったな、と思いだした」

「遺言……ですか？　わたしも祖父の遺言だったんですが……」

「俺の祖父は五年前に他界した。恩人の孫娘との結婚が遺言のひとつだった。その恩人が亡くなった際に話を進めるとあったが、亡くならなくても、俺が三十一になったら話が進む予定だったらしい」

ということは、去年祖父が亡くなったことで遺言が発動されなくとも、今年には彼と結婚することが決まっていたらしい。

それでもやっぱり籍を入れるだけの結婚だったのだろうか。

せめて、最初に彼に会って話ができていれば、別居からスタートだったとしても気持ちが楽だったかもしれない。

弥生の幸せのためにと考えてくれた祖父の気持ちを思って、弥生は結婚を受け入れた。しばらくすれば連絡がきて、相手にも会えるだろうしいろいろと話もできるだろう。そう信じて疑わなかった。

夫婦二人で過ごす生活とはどういうものだろう。一緒にクリスマスツリーを飾ったり、新年用に出回る干支の飾りを見て楽しんだりできるだろうか。

交際経験がないぶんよけいにそうなってしまったのかもしれないけれど、一年前は結婚に対して、乙女チックと言われてしまいそうなくらい夢を見ていた気がする。写真を見てドキドキさえしていた。

けれど英隆は、今回の結婚というものに、なにも感情が動いていなかったようだ。

祖父の遺言だから、覚えていただけ。その遺言が実行されるときがきても、関心はなかった。弥生のことも気に入ったわけではなかった。

「どうして……結婚をＯＫしたんですか……？　遺言だからですか」

「結婚が決まった相手がいる、結婚している。そのふたつがあるだけで、周囲に面倒な気を使わせないし、俺も煩わしくない。隙あらば自分の娘やら孫やらを押しつけてこようとする者もいないし、見合いを画策する馬鹿もいなくなった。おまえのおかげでこの一年仕事に没頭できた。実に便利だった。礼を言う」

「そう……ですか……」

全身からなにかが滑り落ちるように、すぅっと冷たいものが肌を撫でていく。

この人にとっての結婚は、仕事にメリットがあるというだけ。便利な道具でしかない。

この結婚に期待と希望を持った自分は、なんだったのだろう。祖父の想いを、どう考えたらいい。

「おまえも遺言で知ったのだろう？　女は恋愛やら結婚やらに夢を持つものだと聞いたが、よく会ったこともない男と結婚しようと思えたな」

「……祖父の願いでした……。幸せになってほしいって」

「幸せか……。まあ、そんな綺麗事がなくたって、結納金の額で揺らいだってところか。微々たるものだが、おまえあたりのレベルを考えれば充分魅力的だったろう」

おまけに、弥生がお金に惹かれて結婚したと言わんばかりだ。

なんてことだろう。こんな人との結婚に、一年間気持ちを振り回されていたなんて。

「……で？　今日訪ねてきたのはどういった用件だ？　結婚式を挙げたいとか、同居したいとか言いたいのか？　それはおまえの正当な要求だから、正直面倒ではあるが検討しないこともない」

「……結婚していることを忘れていたそうですし……。お忙しい伊集院さんの立場を考えれば、連絡できなかったのも仕方がないと思います」

「ああ、すまないな」

謝っているつもりなのだろうが、まったく声がすまなそうではない。イラっとした。プライドが高いのか自尊心が高いのか知らないが、配慮というものがまったく感じられない。

さらに彼は弥生の苛立ちを煽った。

「生活費は毎月入金されていると聞いたが、足りないのか？　その話をしにきたのなら、増額するが」

「違います。……離婚……してもらいにきたんです……！」

（言えたっ！）

苛立った勢いではあるが、なんとか言うことができた。自分の勢いに驚いた心臓がバクバクいっている。焦燥を悟られないように平静を装っているつもりなのに、英隆は面白そうに嗤った。

「なぜ？」

「なぜって……」

「働かなくたって生活費は入ってくるし、行動を制限されることもなく自由にしているだろう。なにが不満だ。……ああ、男ができたとか、そういうことか。でも裏切りは許さないぞ」

さすがにカチンときた。人をお金に惹かれて結婚した女だと決めつけたあとは、異性関係が盛んな女だと決めつけようとしている。

盛んどころか、異性とおつきあいもしたことがないというのに。

「勝手にふしだらな女にしないでください！　……だいたい……結婚していたって誰かさんのおかげで処女ですから！　男遊びの仕方なんて知りません！」

勢いで言いすぎた……気はするが、口から出てしまったものは仕方がない。それでも気まずくて視線だけを横にそらす。

……クスリ……と笑う声にゾクッとして、反射的に視線が戻る。英隆が、とんでもなく魅力的な顔をして弥生を見つめていた。

まるで……獲物を見つけた黒豹を思わせる、秀麗な微笑み。それに取りこまれ、ゾクゾクゾクっとおかしなざわめきが皮膚の下を走った。

「離婚をしたい理由は、不貞ではないと？」

表情を固め、英隆を凝視したまま大きく首を縦に振る。いきなり手を摑まれたかと思うと、その手のひらを彼の頬につけられた。

「……じゃあ、確かめさせろ」

「え？」

なにを言われたのか理解できていないうちに、彼の頬につけられていた手のひらにキスをされる。

「ひゃっ⁉」

さらにその手を強く引っ張られ足が動いた。

「あのっ……」

応接セットのソファにストンと座らされ、手が離れる。そのまま身体を落ち着けることなく……。

ソファに押し倒された。

「不貞じゃないか、確かめる」

「は……ぃ？」

意味がよく呑みこめない。呑みこみたくなくて脳が拒否しているようにも思える。

「処女なんだろう？」

ニヤリとした笑みがこれまた妖しくて、先程感じたおかしなざわめきが再び身体に流れてくる。

「なに……言ってるんですか……」

「おまえこそなにを言っている。俺とおまえは夫婦だ。だからここで俺がおまえを抱こうが、なんの問題もない。一年越しの初夜だと思えばいい」

「しょっ……」

この状況と降りかかる危機を、いやでも脳が意識して身体が緊張する。しかし遅かった。目の前の黒豹は、獲物を前に舌なめずりをする。

「それじゃぁ、シようか」

——なにを、ですか……。

とんでもない出来事を体験してしまった。心臓をばくばくいわせたまま、社長室を飛び出した弥生はエレベーターに飛び乗った。

途中何度か停まり、社員が入れ替わり立ち替わりしているあいだに気持ちを落ち着け、無事一階に到着する。

驚いたのは、どういう経路で来たのかは知らないが高野がエントランスで弥生を待ち構えていたことだ。

「お帰りだと社長にお伺いいたしましたので、タクシーを待たせてあります。どうぞこちらへ」

「そんな、い、いいです。わたし、電車で帰りますから……」

手と一緒に頭を左右に振るが、慌てる弥生など気にも留めず高野はおだやかな秘書スマイルで態度を変えない。

「いけません。奥様に失礼があっては、社長に叱られてしまいます」

「わたし……奥様なんて……」

そう呼ばれることに抵抗を感じる。社長室での英隆が思いだされ、この結婚の意味に今まで以上に大きな疑問が生まれている。

高野が名刺を弥生に差し出す。彼の名刺なら最初にもらった。しかし、よく見るとロゴの位置が違っていておまけに大きい。

そこには、「伊集院英隆」の文字があった。

「社長の名刺です。携帯電話の番号も記されておりますので、お持ちになられたほうがよろしいかと」

「勝手にそんなことをして、怒られませんか」

「社長の指示です」

ちょっとムカッとした。あんなことをしておいて、これはまた連絡をよこせということなのだろうか。

——しかし実際、連絡はしなくてはいけないだろう。

話は、まったく進まなかったのだから。

そういえば、大切なものを返し忘れた。弥生は英隆の名刺をバッグに入れるついでに黒いフラットポーチを取り出した。

「申し訳ないのですが……これを、……社長さんに渡していただけませんか。先程返し忘れてしまって」

一瞬、彼をなんて呼んだらいいものか迷った。高野が奥様と呼んでくれる手前「主人」とか呼べばいいのかもしれないが、離婚したがっている自分が結婚を肯定した呼びかたをしてどうする。

しかし「伊集院さん」ではコレジャナイ感がすごいし、「英隆さん」は……今の自分たちの関係性を考えるとてもではないが口から出てこない。

社長さん、しか呼びようがなかったとはいえ高野には違和感があったようで、困った顔をされた。

「それは……お預かりできません」

「渡してくれるだけでいいんです」

「そのケースには、おそらく奥様にお渡しした通帳が入っているものとお察しいたします。それをお預かりすることはできません」

なぜ中身がわかったのだろう。弥生が眉を上げると、高野は言い聞かせるようゆっくりと言葉を出す。

「そのケースは、伊集院家御用達のデザイナーと皮革職人が作ったものです。奥様用の通帳ケースとして発注は私がいたしましたし、毎月入金させていただいているのも私です」

「ひぇっ……」

思わず声が出てしまった。入金処理をしている本人に頼んでしまったのも気まずいが、御用達のデザイナーだの皮革職人だの、もう人間としてのレベルが違う。

「先程奥様は、返し忘れた、とおっしゃいました。ならばなおさら私はお預かりできません」

中には通帳の他にキャッシュカードも入っている。英隆が微々たるものと言った金額は、弥生にとってはとんでもない大金だ。それを人づてに渡そうとするのは、無責任かもしれない。

それと、もしかしたら高野は、弥生がいきなり訪ねてきて生活費が入金されている通帳を返そうとしているのがどういう理由からか見当がつくから、よけいに受け取れないのかもしれない。

「そうですね……すみません」

弥生はポーチをバッグに戻し、なにも解決できなかった自分を口惜しく感じながら、帰路についた。

第二章　最初で最後の夫婦の夜

逃げてしまった……。

解決も話し合いもできていないのに、弥生は英隆のもとから逃げ帰った。

あれから二日。弥生はずっと、もう少し我慢して話し合いに持ちこんだほうがよかったのではないかと考えている。

後悔先に立たずだ。

今さらそんなことを思ったって遅い。

第一、あんな、いかにも貞操の危機でいっぱいになった状態で、冷静に思考が動くはずがない。

……夫婦間で、貞操の危機、なんて言葉を使うのもなんだが、弥生にとってはそれ以外の何ものでもなかった。

会ったこともなかった妻を、英隆は間違いなく抱こうとしていた。脅しや冗談ではない。

それがひしひしと伝わってきたから、弥生も本気で動揺してしまったのである。

（だいたい、自分が仕事をする場所なのに……それも仕事時間中なのに、……なにをしようとするの、あの人！　ところ構わずそういうことができる人なの？　色情狂なの⁉）

常識を振りかざして罵ってみるものの、一年前に結婚したことも忘れて平然としている人だ。おまけに巨大企業の社長で、大金をはした金扱いできる人。

……一般人の常識が通じると思ったら大間違いだ……。

「はぁぁぁぁぁぁ〜〜〜〜〜」

やる気のないため息が出る。肩を落として脱力すると、その両肩にポンッと手が乗った。

顔を上げると、玲子が笑顔を見せている。カウンター内の隅に置かれたパイプ椅子に座って考え事をしていたせいか、玲子が厨房から出てきたのに気がつかなかった。

「弥生ちゃん、お店、閉めちゃおうか」

時計を見ると、あと一時間ほどで夕方のラッシュ時間だ。……とはいえ、最近はそれを意識することもなくなっている。

以前はカウンター内に椅子を置くなんてこともなかったし、休憩時間以外で弥生がよけいな考え事をしている暇なんてなかった。

もしかしたら考え事の末に出てしまったため息を、あまりにもお客さんが入らないゆえのため息だと玲子が誤解してしまったのではないだろうか。

気を使わせてしまったのかと申し訳ないが、この閑散とした店内と開店時からさほど溜まらない注文伝票を見たうえで大きなため息を聞けば、もう店じまいしてしまおうかと思うのもうなずける。

本日の売上大ヒットは、昼どきに出たステーキ弁当肉大盛りがふたつ、だった。あとは日替わりが数個出ただけだ。

「そうですね。それなら今夜は、わたしが晩ご飯作りましょうか」

「えー、弥生ちゃんのご飯久しぶりっ。なになに？」

「ん～、じゃあ、オムライスっ」

「きゃぁ、楽しみっ」

オムライスは弥生の得意料理だ。デミグラスソースを使ったちょっと気取ったものから焼きそばが入っていたりカレーがかかっていたりと、変わり種もお手のものである。

玲子が楽しみと言ってくれるのは、単に美味しいからだけではなく、どんなオムライスが出てくるか出来上がるまで秘密だからだ。

考えこみすぎて曇っていた気持ちが、玲子のおかげで晴れてくる。パイプ椅子を片づけていると、またもや玲子に肩を叩かれ、今度は神妙な顔で出入口を示された。

店先に誰かが立っている。こちらに背を向けてはいるが……坂口ではないだろうか。

「ちょっと声かけてきます」

こんな状態になっても顔を出してくれるお得意さんだ。目の前でシャッターを下ろすわけにはいかない。注文があるなら入ってくればいいのに、坂口は立ったままだ。

「坂口さん、こんにちは。どうしたんですか？　入口に立ったままで」

声をかけると、彼は照れくさそうに笑う。

「こんにちは。入っていこうとしたんだけど、ずいぶん奥さんと楽しそうだったから……」

「すみません。もうお店閉めようか、って話をしていたんです。注文があるなら……」

「……彼との話し合い、上手くいかなかったって聞いたし。落ちこんでるんじゃないかって思ったけど、元気そうでよかった」

「あ……」

話し合いができなかったということを、一応坂口には報告していたので心配してくれたらしい。

できなかった理由が貞操の危機にさらされたからとまでは言っていないが、相手が結婚したことに無関心だったというのは話した。

「話し合いの機会は、また持てそうなのかな？」

「そう……ですね。連絡手段も教えてもらったので……」

名刺まで渡してきたのだから、いつでも連絡をよこせという意味なのだろう。向こうから連絡がくるとは思えないし、弥生から動くしかない。

しかし彼に会うということは、〝確認〟を了解したということになるのではないか。確認できれば離婚してくれると言っていた。だけど、〝確認〟することを考えると戸惑いは大きい。

「できるだけ早いうちに、連絡してみようとは思っています……」

「早いほうがいいと思う。弥生さんは再就職のことも考えなくちゃならないし。相手からもらったお金で生活しながら、店の再建を見守りたいっていうならそれでもいいかとは思うけど」

「もらったお金……？」

「あ……ほら、離婚したら、慰謝料の話になるだろう？　今回は長期間の放置が原因でもあるわけだから、非は相手側にあるよね」

「そう……ですね……」

そんなことは考えていなかった。かえって、不貞を疑われた弥生のほうが慰謝料を請求されそうな危機に陥っているというのに。

相手からもらったお金と言われたときは、返しそびれた結納金や生活費のことを言われているのかと思ったが、坂口はそこまで知らないはずだ。

陽平が店の再建を考えるのか、また板前に戻って働くのかはわからないが、どちらにしろ弥生が離婚をするなり就職活動を始めるなりしなければ、安心して次のステップへは進めないだろう。

弥生がトーンを下げたまま黙ってしまったせいか、坂口は気遣うように肩に手を置いてひたいを寄せた。

「一人で悩まないで……。相談してほしい。いいね」

力強く言い、もう一度肩を叩いてから店に足を向ける。

「こんばんは、閉める前にスミマセン。お弁当、いいですか？」

「こんばんは、坂口さん。いいですよ、どうぞどうぞ」

「すみません〜」

ニコニコしながら店の中へ入っていく坂口を見ながら、弥生はこのままにはしておけないのだと改めて感じる。

こんな話は憂鬱だし、英隆に会うのは正直怖い。

けれど、ここでなんとかしないとなにも変わらない。

（……一回だけ……確認してもらうだけで解決するなら……）

結婚生活がスタートしていたら、彼相手に失っていた貞操だ。予定が遅れてしまっただけと言えなくもない。別れる前提でという大きな違いはあるけれど。

こんなことで悩むより、早くすっきりしたほうがいい。

気持ちが揺らがないうちに、弥生は英隆に連絡を入れた……。

英隆は忙しいだろう。

なんといっても大企業の社長だし、仕事もあればつきあいもある。

前は弁護士を通して秘書の高野がスケジュールの調節をし、上手く折り合いをつけてくれたらしいのですぐに会うことができた。

弥生がいきなり電話をして「話がしたい」と言っても、一週間くらい待たされる覚悟は必要だ。

……と、思っていたというのに……。

「お迎えにあがりました。奥様」

相変わらず丁寧な口調と態度。これがあの横柄な英隆の秘書とは思えない。

いや、逆に、おおらかで懐が深い人だからこそ、あの英隆の秘書をやっていられるのだと考えることもできる。

会う約束は、電話をかけた当日の夜と決まってしまった。弥生は決死の覚悟で電話をしたというのに……。

『ああ、じゃぁ、仕事が終わるころに迎えをやる。食事にいくから、よけいなものは食べてくるな』

英隆の返事は力が抜けるほどあっさりしていたのだ……。

「あ、ありがとうございます……、高野さん」

戸惑いつつも弥生が応じると、高野はメガネの奥の双眸（そうぼう）をにこりと微笑ませて後部座席のドアを開けた。

「どうぞ。社長がお待ちです」

「はい。……いってきます」

返事をしてから振り返り、自宅のドアを開けたまま見送ってくれていた伯父夫婦に声をかける。陽平は複雑な顔をしているが、玲子は笑顔で手を振ってくれている。

おそらく、困った顔をしてしまったら弥生がよけいに困ってしまうと気を遣ってくれているのだろう。

伯父夫婦が戸惑わないはずがないのだ。離婚してもらいたいから話し合いに行ってくる、などと言われては。

先日会いに行ったときは日中だったし言い出しづらくて黙っていたのだが、今回は夜の外出になるため、さすがに黙っているわけにはいかなかった。

遺言のもと結ばれた婚姻。相手がそのうち連絡をくれるだろうと納得しながらも、まったくその気配がないことを、陽平がとても気にしてくれていたのを知っている。

弥生の両親や祖父に顔向けができないと男泣きした陽平は、この結婚で弥生が幸せになれることを望んでいたのだろう。

仮にも祖父が遺言まで残して決めていた相手なのだから。

その相手と、離婚の話し合いをしてくるなんて……複雑に違いない。

「わざわざ迎えにきていただいてすみません。場所を教えていただければ一人で行ったんですけど」

車が走りだしてから、運転席の高野に向けて口を開く。走行中なので振り向くことはなかったが、彼は浅く会釈をしておだやかな声を出した。

「そんなことは気になさらないでください。社長も場所を指定するより迎えに行くと言ったほうが早いと思われたのでしょう」

長々と待ち合わせ場所の説明をする時間をはぶいた、というところだろうか。……単に、指定をした場所に来るまでに弥生が迷わないように、と気遣った可能性もある。

……または……、逃げないように、警戒したか……。

（ありえる）

前回は逃げ帰ったようなものだった。あんなことがないように、迎えをよこして確実に自分のもとに来るようにしたとすれば……。

彼も、離婚の話し合いをしたいと思っている、ということなのでは……。

（あ……、確認したい……だけ、かな……）

刹那、弥生の気持ちを汲んでくれたのかと考えそうになったが、今日の目的は話し合いという名の〝確認〟だ。

そう思うと、羞恥を含んだ緊張がみなぎってくる。今夜は、離婚してもらうために抱かれにいくようなものなのだ。

不貞ではないと証明するために、ハジメテを奪われるなんて……。

それが〝夫〟と名前のつく相手なのだとわかっていても、弥生はどこか物悲しいものを感じていた。

食事と言っていたので、目的地はお店かと思っていたが、到着したのは国内屈指の高級ホテルだった。

まさかフレンチなどのテーブルマナー必須なレストランで食事なのでは。英隆のレベルなら考えられる。

車を降り、案内をしてくれるという高野のうしろについて歩きながら、弥生の頭のなかではもしかしてのあれやこれやが渦を巻いていた。

テーブルマナーくらいなら高校や専門学校で習ったが、レストランで実践したことはない。頭のなかでナイフやフォークの配置、使う順番を思いだすが、焦りは募るばかりだ。

フルコースディナーなら服装にも気を遣わねばならないはず。派手にならない清楚系のワンピースを着てきたので、たぶん大丈夫だろう。

値段の張るものではないので、英隆レベルの人間には鼻で笑われるのかもしれない。

アイボリーのパフショルダーワンピースにチュール生地のキャミワンピースを合わせている。藤色のキャミワンピースは透け感があって、幅広に取られたウエストから広がる潤沢なフレアラインがとてもかわいらしい。

セットで売られていて一目惚れだった。セールでもないのに手を出してしまうほど気に入っていたのだが、悲しいかな着る機会もなく今に至る。

服装もマナーもとりあえず大丈夫……と思いたいが。そんないろいろ考えなくちゃならないような食事をするなら、あらかじめ教えておいてほしい。

まさか、食事のシーンで恥をかかせてやろうという魂胆では……とまで考えてしまう。

(性格悪いなぁ、もうっ‼)

動揺のあまり英隆を悪者にしまくったものの……。連れてこられたのは、鉄板焼きステーキレストランだった。

鉄板焼き、というところに庶民的響きを感じてホッとしたのも束の間、店内に足を踏み入れ、その安堵は砕かれる。

黒を基調にした店内、カウンター席がゆったりと大きく取られ、その前に鉄板が広がっている。目の前で焼いてもらえる方式らしい。

カウンター内に五人のシェフがいてさえも狭さを感じない。なんといってもコックコートにコック帽のシェフが目の前で調理をしてくれるなんて、なんて贅沢なんだろう。

鉄板と聞いてお好み焼き屋を想像した、ハイソな経験皆無の自分を殴りたい。

頭をかかえそうになっていると、高野が向かう先に英隆が見える。彼もこちらに気づいたらしく、カウンター席の椅子をくるりと回して身体を向けた。

「奥様をお連れいたしました」

「ご苦労。帰っていい」

「お迎えはいかがいたしますか」

「必要ない」

「かしこまりました」

実に簡潔で短縮された会話というか、無駄が一切ない。悪く言えば事務的すぎて無味乾燥なやり取りだ。

結婚の話が進められたときも、こんなふうに事務的だったのだろう。

会釈をして高野が立ち去り、弥生はその場に残される。英隆に向き合うと彼がジッと弥生を見てるのでドキッとした。

「……今日は……化粧をしているのか？」

「え？　はい……あの、先日もしていましたけど……」

「そうか？　あまりにも子どもみたいな顔をしていたから、ノーメイクかと思っていた」

「そ……そんなに、濃いお化粧はしませんから……」

笑顔が引き攣る。これは、メイクがヘタなことを遠回しにからかわれているのだろうか。

今日だってそれほど濃くはない。せいぜい口紅の色が少しハッキリしている程度だ。

ウエイターに英隆の隣の椅子を引かれ、座ることをうながされる。隣、という位置にうろたえるも、幅の広い椅子なので座ってもぴったりくっつくわけでもない。

おまけにカウンターに並んで座るなら、食事中もそんなに英隆の顔を見ることはない。彼の威圧感をなるべく避けるには最適ではないだろうか。

「あの、今日は、いきなりご連絡したのにお時間を取っていただいて、ありがとうございました」

「いや、どうせすぐ連絡がくるだろうと思っていた。想定内だ」

「そうですか……」

「抱こうとした女にまんまと逃げられたままじゃ極まりが悪い。それが妻となればなおさらだ。部屋を取ってあるから、今度は逃げるなよ」

「逃げません……。確認、してもらって、わたしの疑いが晴れればいいみたいですし……」

「晴れたらいいな」

「どういう意味ですか……」

「演技をする可能性もある」

「演技……」

なんのことかわからず、言葉を止めてしまう。しかしすぐにそれが〝ハジメテのフリをする〟という意味だと気づき、いきなり頬が熱くなった。

そんな弥生を見て、英隆はクスリと笑う。馬鹿にされたのかと一瞬思ったが、彼がどことなく柔らかな表情をしているような気がして、言いたかった文句も出ない。

そうしているあいだにも、二人の前に一人のシェフが立ちにこやかに挨拶をする。どうやら一組に一人のシェフが専属でつくらしく、贅沢極まりない。

メニューを聞いての受け答えは英隆が卒なくこなしていく。前菜と食前酒が置かれ、シェフが熱い鉄板をヘラで撫ではじめたころ、弥生は小声で反抗した。

「……演技なんて……できませんから……」

「そうだろうな」

アッサリと返されて、恥ずかしさは倍増する。弥生をわかっているなんて態度はやめてほしい。

「演技をする気なら、もっと純情なふりをするだろう」

食前酒のグラスを手に取り、弥生に向ける。これは乾杯ということだろうか。飲めなくとも乾杯くらいはしたほうがいいだろう。

「すみません、わたし、アルコールは……」

「わかっている。おまえのはジュースだ。安心しろ」

「え？　あ……」

聞き返しているうちに英隆はグラスに口をつける。弥生も匂いを嗅いでみると甘い香りがする。口に含む前からわかる、よく飲む炭酸飲料だ。

「あの……どうして……」

「妻の好みくらい調べても構わないだろう」

胸がズキリとする。今ごろ妻扱いされても、どういう顔をしていいのかわからない。

それでもアルコールが苦手なことをわかってくれていたのはありがたい。苦手だと言っても勧めてくる人もいる。

鉄板で焼かれた魚介と野菜が出されたあと、これは赤い石だろうかと思ってしまうほど厚い肉が鉄板にふたつのせられる。肉厚のホタテを箸に取り、口に入れようと持ち上げたまま、呆気に取られて眺めてしまった。

「今日はフィレのいいのが入ったと聞いたのでそれにしてもらった。違うもののほうがよかったら……」

「いいえ、いいえ、とんでもないっ。あまりにも分厚いんで見惚れただけです」

焼きはじめているのに平気でチェンジを言いだしそうな英隆を止めるべく、弥生は箸にホタテを挟んだまま必死に首を振る。

「とっても綺麗なサシが入っていて、絵に描いたみたい。美味しそうです」

「この店は仕入れがいいから、たいていのものは美味い。そしてなんといっても、シェフの腕がいい」

　褒め言葉はシェフを見ながらしっかりとした声で言う。気をよくしたシェフは、肉を転がしながら笑顔で会釈をした。

　人を褒めることなど知らない人のように見えるが、そうでもないのだろうか。

「そういえば、おまえのところのステーキ弁当も美味かった」

「え？」

「自家製のソースが絶品だな。一流店にも引けを取らない。肉の下ごしらえも手を抜いていない。そのおかげで安いステーキ肉も極上の味わいになっている」

「食べたこと……あるんですか？」

「昨日と今日の昼に買いに行かせた。昨日だけのつもりだったんだが、あまりに美味かったんでなにかの間違いかと思って今日も食べてみた。肉を倍増にしても最後まで美味かった。――いいシェフがいるな」

　ほわっと頬が上気する。照れたとか恥ずかしいからとかではなく。伯父を褒められたのが嬉しかったのだ。

　まさか英隆が小さなお弁当屋さんから昼食を調達して食べてくれたとは思わなかった。それが弥生のことを調べたついでだったとしても、こんな舌の肥えていそうな人が「美味しい」と言ってくれたのは素直に嬉しい。

「ありがとうございます……。まさか食べてくれていたなんて……」

「今日は肉大盛りでふたつ食べた。あのソースは飽きないな。レシピを買い取りたいくらいだ」

「ふたつ……肉大盛りって、あれ、伊集院さんだったんですか……。って、お昼にお肉大盛りふたつも食べて、よく夜もステーキにしようと思いますね」

「おまえのところも美味いが、ここも美味い。おまえから誘いがきたんだから、いい肉でも食って張りきったほうがいいだろう?」

「な、なにをですかっ」

　せっかくの嬉しさが動揺にすり替わる。ハハハと軽く笑って、英隆は見ろとばかりに顔を前に向けた。

「見ておけ。ここの名物だ」

「名物?」

　顔を向けると、シェフが焼いた肉をひと口大に切りながら、最後の仕上げをするところらしい。瓶を持っているのが目に入る。

あっ、といやな予感がよぎる。

シェフが、肉を中心に鉄板にブランデーを振りかける。次の瞬間、ボゥッと空気を巻きこむような音をさせて大きな炎が上がったのだ。

フランべだ。

ウイスキーやブランデーなどを素材に振りかけ、アルコールを飛ばしつつそのエキスやうまみを引き出す手法。

アルコール度数の高いものを使うため、火力によっては炎が立つ。ステーキなどの焼料理でよく使われ、オープンキッチンやイベントではそれをサービスのひとつとして客に見せることもある。

アルコール分が飛べば炎はすぐに収まるので慣れたシェフなら心配はない。客を意識して炎を大きくすることもできる。

どうやらステーキを仕上げる際のフランべはこの店の名物になっているようだ。一瞬の炎は必要以上に大きい。他の席の客からも「ほぅ」と感嘆の吐息が漏れていた。

ショーとしては見事なものだ。大きな炎は、それだけで人間の感情を昂(たか)ぶらせる。

「ここは味もいいが、毎回楽しませてくれる。気に入っている店のひとつで……」

炎のショーは彼のおめがねに適うものなのだろう。トーンを上げた英隆だったが、弥生を見て言葉を止めた。

弥生が、目を見開き、半開きの唇を震わせてこめかみに冷や汗を浮かべていたからだ。

「おい、おまえ……」

その様子を目にした英隆が、ハッとしてシェフを見る。今まさに、もうひとつぶんの肉にブランデーを振りかけようとしているところだった。

最初のフランベを瞳に巻きこんだときから、弥生の頭の中では炎が渦巻いている。

——風に吹かれて、舞い上がる炎。

——無情に燃え続ける車。

——炎に向かって走っていく祖父……。

——まって！　おじいちゃん……！　また弥生を、一人にしないで……！

震えながら泣き叫ぶ……幼い自分が見える……。

「弥生！」

耳元で、力強い声がした。

ボウッと、炎が上がる音がしたが、弥生の目にそれは映らない。

映ったのは——凄絶なほどに鋭く澄んだ瞳、そして——冷たくなって震えていた唇に触

れた、あたたかな感触。

……あまりにもそれが衝撃的で……弥生の意識を支配していた炎が消えた……。

「……大丈夫か？」

唇に触れていたあたたかいものが言葉を出す。目の前にあった双眸が横にそれて、仕上げを終えたステーキが皿に盛られているのが見えたとき、弥生の意識もハッキリとする。

「あ……あの……今……」

間違いでなければ、今、英隆の唇が弥生の唇に触れてはいなかったか……。

「おまえ……火が怖いのか？」

言葉が止まる。匂いだけで涎が止まらなくなりそうなステーキが目の前に置かれるが、先程のフラッシュバックのせいで食欲が動いてくれない。

いきなりキスをされたことに対しての言葉も出ない。すると、横で英隆のわざとらしいため息が聞こえた。

「ったく、火が怖くてよく調理師学校になんか通えたな」

「通常は、あんな大きい火は立ちませんからっ」

ムキになって英隆を見る。嫌味でもなんでもなく弥生を案じる眼差しが絡まってきて、勢いが落ちた。

「……すみません……、ありがとうございます……」

英隆は、とっさに気づいたのだ。弥生が炎恐怖症だと。

それだから、自分の顔で弥生の視界を防ぎ、次に起こるフランベから守った。

手で目をふさげばよかったとか、キスまでする必要はあったのかとか、いろいろと言いたいことはあるが、炎の影響で意識が飛びかかっていた弥生にはあのくらいの刺激でちょうどよかったのかもしれない。

「……わたし……小さなころに車の事故に遭遇したことがあって……。炎が大きく上がってすごく怖かった……。車の中に人がいるって気づいた祖父が、その車に飛びこんでいったんです……。すごく怖くて……。それ以来、大きく上がる炎が苦手で……」

「車の事故?」

「はい……わたし、火事で両親を亡くしてて、……そのときのことはよく覚えていないんですけど、きっと、記憶のどこかに炎が怖いっていうのがあるんだと思います」

「それはいくつのとき……」

言いかけて、英隆は言葉を止める。弥生にとってトラウマである事故をこれ以上思いださせてはいけないと思ったのかもしれない。

炎が上がった瞬間にキスをした二人を、周囲は微笑ましいカップルと見たようで、祝福するようなあたたかい雰囲気が漂う。炎から目をそらさせた方法がキスだったから、シェフもこの場も気まずくならなかったんだと気づく。

照れくさくなってしまった弥生は、ステーキを一切れ口に入れる。

「わっ、とっても美味しいです」

嬉しそうに声をあげると、シェフも嬉しそうに笑って頭を下げた。

照れくささのあまり動いた箸だったが、お世辞抜きで美味しい。肉が上等なのはもちろんだが、英隆が言うようにシェフの腕がいいのだろう。

そんな英隆に褒められたのだから、伯父はやはり腕のいい料理人だ。

今の店が駄目になっても、また料理人として腕を揮わせてあげたい。そのためには、弥生がこの結婚にけじめをつけて、ちゃんと自分の道を見つけて安心させてあげなくては。

弥生は気持ちを新たに、箸を置き、英隆を見る。

「伊集院さん……今夜は……確認をしていただけるんですよね」

「そのつもりで来たんだろう?」

彼を見たままうなずく。右手を取られ、手のひらが彼の唇に触れた。

「俺も、そのつもりだ」

この人は本当に、迫るときに見せる妖しい眼差しがズルすぎる。

ゾクゾクっと寒気にも似た痺(しび)れが走るのに、身体の中心が熱くなる。

「……よろしくお願いします」

その感覚に耐えて、弥生は頭を下げた。


食事を終えた弥生は、部屋へ連れていかれた。

それも……スイートルームだ。

「こんなお部屋……初めて入りました……」

身の置きどころがなく部屋の中央でキョロキョロしていると、スーツの上着を脱いでソファに放った英隆が、ネクタイをゆるめながら顔を覗きこんできた。

「そうだな、何回か入ったことがあるなんて言われたら、誰とだ、と追及するが?」

「あ、ありませんっ」

強調して言うと、英隆は笑いながら手に持っていた紙をソファの前のローテーブルに置く。そしてボールペンを差し出した。

「あとは、おまえのサインだけだ」

もしやの予感にボールペンを受け取り、テーブルの前に座って長細くたたまれた紙を開く。やっぱり、と高鳴る気持ちを抑え、そこにある文字を見つめた。

離婚届。

本当にすべて書きこんである。ご丁寧に弥生のぶんの捺印もしてあった。あとは弥生がサインするだけだ。

「こんなものまで、用意してくださったんですね……」

「約束だからな。おまえが離婚したい理由が本当に不貞ではないなら、その離婚届を持って部屋を出ればいい。しかし……もし不貞なら……」

名前を書こうとしていた手を止め、顔を上げる。英隆の冷たい視線が落ちてきて、軽く身がすくんだ。

「俺は裏切りを許すことができないたちだ。そのときは、俺がその離婚届を持って部屋を出る。おまえなんかが一生かかっても払えない慰謝料の請求がいくと思え」

「一生かかっても……」

「まあ……払える方法もないこともないだろうが……」

思わせぶりな言葉を吐く彼の視線を感じながらサインをする。一生かかっても支払えないなんて、いったいどんな金額なんだろう。不貞の代価とは、そんなに大きなものなのだろうか。

……伊集院英隆だから、だろうか……。

弥生はもしかしたら、想像以上に大変な人物と結婚させられていたのかもしれない……。

大金と考えて、ふと思いだす。弥生はボールペンをテーブルに置き、バッグから黒い皮革のフラットポーチを取り出した。

「これ、お返ししておきますね」

そのまま離婚届の横に置くが、英隆はなんだかわからないようだ。発注したのは高野だというし、そのあとの入金に関してもノータッチだったのだから知る由もない。

「いただいていた結納金と、この一年振り込んでいただいていた生活費です。一切、手をつけていませんから……」

「馬鹿か、おまえ」

顎を摑まれ、強制的に顔を上げさせられる。鋭い眼差しが落ちてきて小さく身体が震えたが、なぜか怖いとは思わなかった。

「おまえなんかが一生働いても払えない、と言っているのに、それを今返してどうする」

瞬時に彼の言葉の意味を理解する。思わせぶりだと感じたのは、こういう意味だったのだ。

先日会ったときは、冷たくて非常識な人としか見えていなかったのに。こうして覚悟を決めて向き合っていると、少しずつ、伊集院英隆という人が見えてくる。

——この人は、近づけば近づくだけ、心を見せてくれる人なのではないのだろうか……。

彼に興味が湧きかかるも、そんな感情を持っていい段階はとうに過ぎている。

第一、彼は弥生に興味などない。あるとすれば裏切りがあったかどうか、本当に処女なのかどうかだけだ。

「……このお金は……夫婦になるために使うべきお金でした……」

自分の考えと、英隆の考えはたぶん違う。こんなことを言っても鼻で笑われるだけかもしれない。それでも弥生は言葉を続けた。

「結納金は……結婚生活の準備をするために使って、生活費は、夫婦が生活をするために、二人のために使っていくものだと思っています。……そのどちらも、……わたしにはなかった。……使うことはできませんでした。だから、お返しします」

顎を摑む手に力が入った気がした。落ちてくる眼差しに、憂いが混じっているように思えるのは気のせい、もしくは願望だろうか。

離婚に対する弥生の覚悟を見せられて、この人も少しは動揺すればいいという……傲慢な願望。

弥生を見据えたまま英隆がゆっくりと膝を落とす。弥生が望んだ動揺は見ることができなかったが、予想外の表情は見ることができた。

「おまえは、本当の結婚をしたかったと言うのか」

困ったような、悲しいような……でも、嬉しそうな……。

複雑でわからない。彼が、弥生の想いになにを感じたのか、なにを思ったのか。とても複雑な感情が伝わってくる。

「確認する」

顔が近づき、とっさにまぶたをグッと閉じる。同時に唇を引き結ぶという覚悟が微塵も感じられないことをしてしまった。

我ながらマズイとは思えど、その上に英隆の唇が触れているのでどうしたらいいかわからない。

引き結んだ唇の上をなぞる柔らかな唇は、まるで緊張をほぐそうとしているかのように優しい。これが英隆本人とは結びつかないくらいだ。

唇とは違うものに表面を濡らされ、驚いて唇がほどける。それを待っていたかのように強く重なってきた。

柔らかなもの同士が擦り合わさる感触。ときおり吸いつかれ、かすかに開いたあわいから彼の吐息を感じた。

「ハァ……ぁ……」

息をするタイミングがわからなくて、顔の向きが変わるタイミングでしてみるが、切なげなトーンになってしまう。

両手をどこに置いたらいいか迷うあまり、自分のスカートを掴む。英隆がスカートのストラップを肩から外そうとしていることに気づき、ドキリとしながらも肩から落ちてきたそれを自ら腕から抜いた。

唇の上で、英隆がクスリと笑う。

「……脱がせられ慣れているんだな」

「な、慣れてませんっ。……だって……腕を抜かないと……脱げないじゃないですか……」

反発したあと、小声で続きを呟く。とはいえ、これはしてはいけないことだったのだろうか。黙って脱がされるままに従っていなくてはならなかったのかもしれない。

彼が「そうだな」と呟いたので理解してくれたのかとホッとした次の瞬間、首のうしろを勢いよく引っ張られた。

「きゃぁっ！」

「ったく、脱がされる前提がある日に、こんな脱がせづらい服を着てくるな」

「ぬ……脱がせづらい……」

「頭から抜かなきゃならないワンピースとか、最悪だろう」

本日の服装を考え、そういえばそうかもしれないと気づく。重ねたキャミワンピースはウエストが伸縮性のあるギャザーで締まっているだけなので、腕を抜いてしまえば簡単に脱げる。問題はメインのワンピースのほうだ。

首のうしろがティアードネック型になっていて、ループボタンひとつで留めるようになっている。それ以外ファスナーもなにもないので、ロングTシャツのごとく頭から脱ぎ着するしかない。

……脱がせようと思えば、裾からまくり上げて腕を抜かせて一気に頭から抜くしか方法がない代物。

自分でさっさと脱いでしまうならともかく、脱がせるとなると手間だろう。

「そんなこと……わかりませんよ、……脱がせてもらったことなんか、子どものときぐらいしかないですから」

「いつもは自分で脱ぐのか」

「家で着替えるときは自分で脱ぎます。当然ですっ」

英隆が意味深な含みで言っているのはわかっていたが、わざと色気なく返す。眉を上げた彼はクッと笑いをこらえ、弥生を放して立ち上がった。

「このままここで押し倒してやろうかと思ったが、やめた。シャワーを浴びてきていいから、その脱がせづらい服は自分で脱いでこい」

「あ……はい……」

ということは、もし脱がせやすい服を着ていたら、この場で押し倒されたうえ身体を綺麗にする機会を与えられることもないまま〝確認〟の運びになっていたということなのだろうか。

（ハジメテで、それもちょっと……）

その〝ハジメテ〟を確認行為に使うのだから、そこまでこだわらなくてもとは思うが、すべて投げやりになる必要もない。

「じゃあ、あの、お先にシャワーを……」

胸元でキャミワンピースを押さえながら、いそいそと立ち上がる。バスルームの方向を教えるかのように英隆が親指で指したので、弥生は示されたほうへ進んだ。

「タオル一枚で出てこいよ？　なんなら素っ裸でもいい」

「タオルを巻いてきますっ」

強調して答え、そのまま進む。背後から楽しそうな彼の笑い声が聞こえた。

これが確認行為であることはわかっている。それでも、抱く場所を考えてくれていたり、シャワーを浴びる機会を与えてくれたり、英隆が気遣ってくれているのもわかるのだ。完全に絶望する必要はないのかもしれない。

ホテルに到着した時点で感じていた緊張感がやわらいでいるのを意識しながら、弥生はバスルームのドアを開けた。


男女が身体の関係を持つ前にはシャワーで身体を綺麗にする、という話は聞いたことがあるが、どこまでするのが正解なのだろう。

本当に浴びるだけでいいのか。せめて身体くらいはソープで洗うべきなのか。それとも髪も洗って、あとは寝るだけ状態にしたほうがいいのか。

そんなことを考えつつ、ひとまず身体だけは軽く洗った。

湯船に浸かっていないせいか、いつもの入浴と比べるとすごく早く済んでしまった。早すぎないだろうか。英隆に「そんなに俺に抱かれるのが楽しみなのか」とか、おかしな誤解をされないだろうか。

タオルを巻いて戻った弥生と入れ替わりに英隆がバスルームへ向かった。

ベッドルームはカーテンが閉められ薄暗い。大きなベッドは上掛けがまくられていて、その厚さから身体にかけて眠ったらふわふわでさぞ気持ちがいいだろうと思われる。

ベッドサイドに置かれている洒落(しゃれ)た細工の背の高いランプは、あたたかな灯りとともにホッとした安らぎをくれていた。

ベッドに腰を下ろし、ランプの灯りをぼんやりと眺めて心を落ち着かせ……ようとしていた矢先に、五分、いや、三分とかからずタオル一枚腰に巻いた英隆が戻ってきたのだ。

「な、なんですかっ、早すぎませんかっ」

「おまえを抱くのが楽しみなのに、悠長にシャワーなんぞ浴びていられるか」

「ひぇっ……!?」

そしてこの言い分である。弥生が躊躇していた部分を彼はストレートに口にしてしまった。潔い人だ……。

おまけに腰にタオルを巻いただけなので、逞(たくま)しい上半身が目の前に迫っておののいてしまう。弥生は顔をそらして気持ち身体を引いた。

「そ、そんなに確認がしたいんですかっ」

「当然だろう?」

肩を掴まれ、同時にタオルの合わせ目に指をかけられる。あっと思った瞬間、タオルを引っ張られるのと同時にベッドに押し倒されていた。

「確認できるのは、俺の特権だ」

「特権……」

英隆がタオルを放ったのを見て、自分が全裸にされてしまったことを意識する。

腕をクロスさせて胸を隠そうとしたが、彼が軽く覆いかぶさってきたせいで隠すことができない。

かえって、これだけくっついていれば彼から身体は見えないので、いいのかもしれない。

「そう、夫の特権」

ニヤリと妖しく微笑み、弥生の髪を掻き上げるように撫でる。顔をわずかに横にすると、開いたところに英隆の顔が落ちてきて首筋に吸いつかれた。

「……ぁっ……！」

「よけいなキスマークはつけていないか？　よく見てやらないとならないな」

「そんなもの……やっ……ンッ」

英隆の唇が強く首筋をたどっていく。肩の線にまで及んで、また首筋に戻ってときどき強く吸いつく。

くすぐったいのかむず痒いのか自分でもわからないまま首を動かし、喉を舐め上げられ首を反らした。

「ぁ……あっ……ぅ」

「柔らかい肌だ。吸いついているだけで昂ぶってくる。このまま吸いこんで喰ってしまえそうだな」

「や……ぁ、食べな……ぅフゥ……」

反抗は続かない。英隆が本当に食べるのではないかという勢いで肌に吸いついてくる。鎖骨の出っ張りを歯で掻かれると肌の内側から痺れる。窪みを舌でえぐられ、もどかしさが上半身に広がって身悶えせずにはいられない。

上半身を震わせると、胸の上で揺れるふくらみが英隆の肌に擦られてくすぐったい。胸の頂上が彼の胸と触れ合い、もどかしいむず痒さが走って大きく身震いした。

……それがとても、恥ずかしい感覚に思える……。

「や……や、だ……い、じゅういん、さ……」

こんな感覚……知らない……。

「伊集院さん、か、他人行儀で気分が乗らないな」

「そんなこと、言われても……」

「呼ぶなら、名前で呼べ。『あなた』でもいい」

「あな……、よ、呼べませんよ、そんなっ」

「夫婦だろう」

「そんな都合のいい……！」

　いきなり夫婦っぽくしろと言われても無理だ。まだ夫婦ではあるが、これから夫婦ではなくなる予定なのに。

（もう、わけわかんなくなってきた）

　結婚したことも覚えていなかったくせに。こんな場面で夫婦になろうとするのはズルい。

「いいから呼んでみろ。ほら、さっきから気持ちよくなりたがっているところ、さわってやるから」

　胸のふくらみを両手でさらわれ、中央に寄せて揺らされる。かと思えば力を入れてじっくりと揉みしだかれた。

「あっ、……や、ぁ、……」

「俺の胸に擦りつけては気持ちよくなっていたな。ここが気持ちいいっていうのは、誰が教えてくれたんだ？」

「し、知らなぃ……そんな……あっ！」

　ぐにゅぐにゅと揉み上げられ、片方の頂を舐めしゃぶられる。ちゅぱちゅぱと鳴らす舌の音もさることながら、自分の胸が揉み乱されるのが淫らすぎて。

すごく、いやらしい気分になってしまう……。

「ぁ……ふぅ、や、やぁ……あっ……」

「気持ちよさそうな声が出てるぞ」

「ンッ……ん」

顎を上げて声を堪えてみるものの、すぐに負けて口が開く。息を吐くだけと吐息を漏らせば、それは媚びた声に変わった。

「あっ……あ、やだぁ……胸……アンッ……」

「……いやじゃない」

目の前で何度も胸の頂に赤い舌を撫でつけられ、そのたびにそこが熱くなっていく。その熱で息が乱れ、ままならない吐息が切ない声になる。

「ぁ……ぁ、やめて、くださ……そこ、やぁ……ああっ……」

揉みしだくふくらみの頂を、指のあいだに挟んで擦り合わせる。舌で舐められるのとは違う感触が、官能に新しい刺激を覚えさせていく。

弥生は身体の横でシーツを握り、暴れだしたい刺激に耐える。少しでも落ち着こうと呼吸に合わせて胸を上下させるが、結果英隆に胸を押しつけてしまうので、まるでもっとしてほしいとねだっているようだ。

「もっと？　正直だな」

「ち、違……ぁぁ」

やはり誤解された。それとも面白がられているのだろうか。面白がるとしたら、きっと、「誰に気持ちいいことを教えてもらった？」など不貞を匂わせる言葉で揶揄されるだろう。

――そんなこと……したことはないのに……。

胸の頂を咥えた英隆の口腔内で、小さな突起が嬲り倒される。舌で弾かれ押し潰されて、右へ左へもてあそばれて。吸いつかれては甘噛みされ。

そのたびに背中を小さく反らして反応する。あまり大きく動くとお腹の奥に溜まったなにかが流れ出してきそうで怖いのだ。

「おまえは感度がいいな……。もとからか？　誰かに調教されたか」

思ったとおり、面白そうに口にされて反発するより先に胸が詰まった。弥生は思わず英隆の頭を両手で挟んで胸から離す。

「そんなこと……しな……ぃ」

「……おまえ」

「そんなこと……したこと、ない……」

ぶわっと涙が浮かんだ。急激に悲しさが襲ってきたのだ。

信じてもらえないというのは、こんなにも悲しくてつらいものなのか。

「こんなこと、したの、も……気持ちいいって思ったのも……伊集院さんが……初めて……です」

処女であるか確認するというのは、確認ができるまでは疑われるということだ。疑われたまま抱かれるということだ。

そんなことわかっている。わかっていたはずだった。

証明できればいいんだ。不貞はなかった、自分は処女だったんだと。だから、疑われたままだって平気だと思っていたのに……。

「……悲しいんです……胸が痛い……どうして……」

涙が止まらない。こんな場面で泣いてしまうなんて、なんてみっともないんだろう。往生際が悪すぎる。

「疑われたくない……、どうしたら……いいですか……。どうしたら、わたし、ハジメテなんだって……」

「弥生」

慎重なトーンで名前を呼ばれ、言葉が止まる。彼の唇が目尻に触れ、止まらない涙を吸い取った。

「俺の名前を呼べ」

「名前……」

「おまえが今求めているのは俺なんだと、俺に思わせろ」

先程言われたときは、恥ずかしさもあって口から出なかった。

今、この行為の中で、求めているのは彼なのだと、名前を言うだけでいい。

「……英……隆さん……」

小さく言葉に出すと涙が止まる。弥生は彼の頭を挟んでいた両手をそのまま頭のうしろへ回し、わずかに背を浮かせて英隆に抱きついた。

「英隆、さん……」

ちょっと照れくさい。それでも、呼ぶことはいやではなかった。

ちゃんと夫婦になっていたら、きっとこうして毎日呼んでいたのだろう……。この凛々しい瞳を見つめて。

この一年、絶望しながらも会えることをどこかで期待していた……結婚相手を。

「英隆さん……」

「弥生」

甘い重低音が耳朶を打つ。耳孔に吐息を吹きこまれ舌を挿し入れられると、一直線に貫かれたかのようなゾクゾクっとした光が走った。

「あっ……！　あぁンッ……」

腰に力が入り、大きな刺激が下半身に走る。自分の内側から気泡が弾け出た感触とともに、脚のあいだに大量の水をかけられたかのような潤いが発生した。

息を呑み、反射的に両脚を閉める。羞恥が一気に駆け上がってきて顔が熱いのに、冷たい汗を感じる。

弥生の状態を悟った英隆が太腿に手を伸ばした。

「……ダメっ……英隆さっ……！」

止めようとするも遅く、彼の手は内腿にズルッと滑りこみ、あろうことか脚の中央にめりこんだ。

「やっ、……ダメで……！」

「太腿まで垂れてぐちょぐちょだ。すごいな」

「ダメ……汚い、から……！」

「汚い？」

不思議そうに言ってから、英隆はめりこませた潤いの中で手指を動かす。彼が口に出したのと同じ音が響いて弥生は腰を跳ねさせた。

「駄目ですっ……手……取って……。ごめんなさい、わたし……！」

「汚くない」

ガッチリ閉じていたはずの両脚を、いとも簡単に大きく開かれる。なんの抵抗もできないまま、気がつけば英隆の頭が脚のあいだにあった。

「感じるあまり自分があふれさせたものを失禁と勘違いするような女が、抱かれ慣れているわけもないいか」

止める間もなく潤沢な潤いをみなぎらせている場所に吸いつかれる。恥ずかしい場所に唇をつけられてしまったことや、とんでもない失態を犯したと思いこんでいるせいで、弥生は彼の唇から逃げようと腰を浮かせた。

「あっ！　やっ……！」

そんな弥生を意に介さず、英隆はじゅるじゅるじゅるっと派手な吸引音をさせながら秘部の潤いを吸い立てる。

ただ吸っているのではなく、秘溝にそって舌を動かし刺激を与えて、弥生には抵抗する隙を与えない。

「あぁぁぁっ……！　やぁっ、アッ……！」

容赦なく官能が刺激される。間違いのない場所で発生するそれは、弥生の全身を痺れさせた。

秘部で舌を躍らせながら、英隆の片手は胸のふくらみを掴み大きく揉み回す。堪らない刺激が重なり、どうにもできない身体が弓なりに反った。

「ああっ……！　あっ、ンッ、ダメ、ダメェ……！　英隆さっぁ――！」

突き上がってきた快楽が目の前で弾ける。腰がビクンビクンと跳ね、秘部に力が入った。

「あっ、ぁ……ああ……んん……」

力が入って収縮する膣口（ちつこう）に舌先が押しこまれる。先程感じたのと同じ、蛇口がゆるむ感覚に襲われ、弥生はとっさに英隆の髪を掴んで首を左右にいやいやと振った。

「俺がやること全部に感じてくれるんだな……。イイ子だな、弥生……」

派手に水をすする音が響く。刺激も音も恥ずかしくて堪らないが、これは快感を得た証であって、粗相をしたものではないらしい。それを納得できたからなのか、逃げたくなるほどではなかった。

顔を陰部に限りなく接近させて舌や唇を動かしているせいか、英隆の高い鼻梁（びりょう）が一緒にどこかを刺激しているように思う。

それも、とても刺激的な場所だ。彼が頭を左右に振るたびある一点が弾かれて、そこから抗いがたい快感が発生する。

「あっ……、あ、そこ、ダメェ……アンッ……」

強い刺激を避けるため髪に挿しこんだ手で、彼の頭を固定しようとする。やっているほうはそこが性感の塊だと知っているので、弥生のかわいい抵抗をあざ笑うかのように強く鼻で押し潰してきた。

「ひゃぁンッ……やぁぁ、ンッ——!」

大きな火花が弾けて腰がガクガクと上下する。シーツに臀部(でんぶ)を押しつけ、弥生はままならない呼吸を震わせた。

英隆が顔を上げ、妖しく笑んで鼻の頭を手で拭い、唇の周りについた潤いを舌で舐め取る。オレンジ色のあたたかな灯りのもとで見る彼の表情と舌の動きが、脳が犯されそうなほどエロティックだ。

煽情的とはこういうことを言うのだろうか。ゾクゾクするのに火照って仕方がない。

「素直にイクところが非常に気に入った。俺の妻はイイ女だな」

「イ……ク……?」

刺激が弾けたあの瞬間のことだろうか。恥ずかしいことを言われている気がするが、抑えることなんかできなかった。

立て続けに快感が弾ける感覚を体験したせいか、頭がぼんやりする。高熱を出したときのように頬が熱い。

「目を潤ませて真っ赤になって……、ずいぶんと色っぽい顔をする。……おまえの無自覚さに、煽られてばかりだ……」

英隆の指先が頬を撫でる。その指先がくれる感触さえ頬の熱に溶けて沁みこんでくる。

――気持ちいい……。

ぷるっと小さく震えると、英隆が弥生のひたいにキスをしてから枕の下に手を差し入れ、なにかを取り出す。

達した余韻に浸っていてもわかったのは、彼が素早く小さな包みの封を切り、それを自分自身に施したこと。

(……わたし……この人に……)

処女ではなくなるその理由を、少し物悲しく感じていたはずなのに……。

それほど、心に憂いはない。

気持ちよくしてもらったからだろうか……。そう思うと、自分が快感に従ういやらしい女のように感じる。

けれど、それとは少し違うと感じていた……。

「……これ以上確認なんて必要ない気はしているが……、それが約束だ。確認する。……

いいな？」

「……はい」

威圧的に感じていた双眸が、声が、……いたわりを感じさせてくれるからだ。

この人に抱かれてもいいと思う自分が、こっそりとこちらを覗いているのがわかる。

大きく開かれた脚のあいだに、熱い塊が押しつけられる。いよいよだと思い下半身が緊張するが、その熱はなかなか弥生に痛みを与えることなく秘溝を縦に擦るだけだった。

「あ……」

しかしそれだけでも充分に刺激的だ。彼の切っ先は秘園の蜜を絡めながら滑らかに動く。水音を立てていたそこは、繰り返し混ぜられることで粘着性のある音を奏でだした。

「ンッ……ハァ……アン……」

本来刺激をもらうべき場所がずくずくと疼きだす。おまけに刺激されているせいでまた潤いがあふれ出し、さらに潤沢になった蜜の海で彼は切っ先を泳がせた。

大きく息を吐きながら腰をじれったく動かす。「挿れるぞ」と囁かれ、ぐぅっと強い圧迫感で全身がいっぱいになった。

「あっ……ハァッ……！」

余韻に甘えていた意識が下半身に集中する。大きな圧迫感に息が止まる。身体を重ねてきた英隆に唇をさらわれ、息を吹きこまれて呼吸をうながされた。

「息を止めるな。大きく吸って力を抜け」

それがなにになるのかという気はする。しかしこの弾を押しこめられる空気銃のような圧迫感から逃れようと、身体は頭より先に彼に従う。

息を大きく吸い、意識をして固まった下半身の力を抜いていく。ズズッ……ズズッ……と、少しずつ大きな質量が狭窄（きょうさく）な隘路（あいろ）を拓いていくのが感じられる。

英隆が入ってきている。

それを意識して彼を見ると、彼自身つらそうに眉を寄せながらも、弥生を気遣う眼差しで見つめられた。

「……弥生」

どうして……。

「頑張れ……」

（どうしてそんな……優しい目で見るの……）

力を抜こうとする弥生を手伝うよう、英隆が彼女の両腿をさする。大きな手に撫でさすられる気持ちよさを感じながら、弥生は強張っていた両脚を弛緩（しかん）させていった。

「ハァ……ぁぁ……」

少しずつ、詰まった空気が抜けていくような気がする。脚のつけ根が楽になると、合わせて英隆がゆっくりと大きく息を吐いた。

「……先っぽで喰いちぎられるかと思った……」

「はい……？」

「なんでもない。無自覚は怖いなという話だ」

なんだかよくわからないが、英隆がちょっと嬉しそうなので、それでいいかと思える。楽になった矢先に腰を進められ、今度は徐々に充溢感が襲ってきた。

「少しずつ入るから、苦しくなったら言え。言われたところで、やめてやるとかは絶対にないが」

「そ、それ、言う意味な……い……あっ！」

ズズッ……ズズッ……と屹立が進んでくる。狭い隧道をゆっくり進むせいか、感触がハッキリと感じられて、そのたびに力を入れてしまいそうになる。

快楽と蜜液でふやかされた蜜路を、剛直が拡げ慣らしていく。経験のない膣壁を伸ばし、奥へ引きずってはときどき戻る。左右に揺すってはぐるりと回し、まるで自分の大きさに慣らそうとしているかのよう。

「ン……ぁ、ムズムズす……ぅん……」

ゆっくり慣らされる過程がもどかしい。お腹の奥がムズムズして、まだ彼が到達していない部分が疼きだす。

身悶えする弥生を見つめる英隆と目を合わせると、かすかに微笑んでくれる。その表情に胸の奥が飛び跳ねるが、同時に不安に襲われた。

「英隆……さん……ンッ……ん」

「なんだ？　弥生」

「痛い、って……言ったほうがいいですか……ぁ」

「なに？」

「……痛い……って……、あの、ハジメテだって……信じてもらいたいから……」

破瓜の痛みを感じたと相手にわかってもらうには、やはり「痛い！」と叫ぶのが一番なのではないかと思う。

「……は？」

英隆が呆気に取られた顔をしたので、言わないほうがよかっただろうかと感じた次の瞬間、残りの剛直が一気に隘路を占拠し、その衝撃に弥生は思わず英隆にしがみついた。

「ひゃぁ、アンッ……！　あぁっ！」

「本当に面白いな、おまえは！」

「や、やぁ……いきなりっ……あああっ！」

みっちりと詰まった蜜路が英隆の動きに合わせて引っ張られる。熱い塊が引かれては押しこめられ、擦り上げられる媚壁が甘く疼いた。

「やっ……あっああっ……ひで……たかさ……」

「証明したようなものだ。あとは安心して抱かれていろ」

「あっ……ぅンッ……本当に……あっ、あ」

「ああ」

信じてもらえた。胸に立ちこめる靄が晴れていく感覚が嬉しくて、弥生は英隆に腕を回したまま笑顔を見せる。

「ありがとうございます……英隆さんに、信じてもらえて……嬉しい……」

英隆がわずかに目を見開いて驚いた顔をする。お礼を言ったのが不思議だったのかと考える間もなく身体を離され、上半身を起こした彼の腰に両脚をかかえられた。

「だからっ、おまえのその反応がヤバいんだ！」

「え……？　あっ、なに、ああっ！」

英隆の動きが大胆になっていく。熱り勃ったモノで蜜洞を掻き回し、初めて侵入者を味わうそこに遠慮なく攻め入った。

「ひゃぁ……ん、ンンッ……あっ、ぁ……」

自分の中を絶え間なく擦られる摩擦感。蜜窟が痺れ、声が止まらなくなる。恥ずかしいと思うくらいいやらしい声が漏れてくるのに、それを止めようとする自分はいなかった。

「あぁっ……！　あ……ダメ……ナカ……へんにな……あぁンッ……」

「……ヘンにしたいな……。ハジメテの身体、俺がぐっちゃぐちゃにしてやりたい」

「や……なに言って……あぁぁっ！」

とんでもない言葉で弥生を煽りながら、英隆は強く腰を穿つ。腰にかかえていた両脚を胸に抱きこみ上半身を倒しながら、揺れる乳房を摑み大きく揉み回した。

体勢を変えられたせいか屹立がさらに奥まで攻め入ってくる。シーツを摑んで背を弓なりにすると、最奥をゴリゴリえぐられ目の前に白い火花が散った。

「ああぁっ……！　やぁぁっ！」

「ここがイイのか。もっと突きまくって中ててやりたいけど、ハジメテなのにかわいそうだな……」

「や……やだぁ……ああ……英隆、さっ……ぁ」

期待と怖さが混在する。普通なら泣きそうな声になるそれは、甘く媚びて震える。

自分がわからない。ハジメテなのに、こんな反応ばかりしていいのだろうか。——でも、止められない。

「弥生……。おまえっ……」

なにかを言いかけた英隆だったが、それを振りきるように激しく腰をつかう。彼の抽送に揺さぶられ、弥生は与えられる快感を享受し続けた。

「ああっ！　あっ……ダメェっ……ヘンに、なっ……」

「いい、イけ。我慢するな」

ハジメテなのにこんなに感じてと責める自分は、もう快楽に溶かされてしまっていた。そんなハジメテの身体をずぶずぶと蹂躙する剛強に、官能が完全に服従している。

せり上がってくる悦楽に溺れ、弥生はその身体を弾けるままに任せる。

「やぁぁっ……ああ、英隆さっ……ああンッ――――！」

白い光の中で圧倒的な快感に呑みこまれていく。意識が忘我の果てに飛びそうになった瞬間、重なった唇を強く吸われ、きつく抱きしめられた。

荒い吐息がふたつ絡まり合う。抱きしめ合った身体は互いに汗ばみ、溶け合いそうなほどに熱い。

胸にかかえられていた両脚はシーツにだらしなく伸び、指先を痙攣させて快感の余韻に酔っていた。

「……弥生……」

英隆の囁きが耳朶を打つ。

「弥生……」

その声は甘く……ひとときの夢に、弥生を酩酊させた。

もし、普通に夫婦だったら……こんな夜が何度もあったのかもしれない……。

夫婦としての夜は……。

これが、最初で最後。


――夜も明けきらない時刻。

弥生は、離婚届を手に一人ホテルを出た。

眠る英隆のそばに、ありがとうございました、と、ひとこと残して。

そのまま離婚届を提出し……。

一年間の結婚は、ピリオドを打ったのである――。

第三章　復縁希望宣言

離婚した、とはいっても、実感はない。

もともと結婚したという実感もあまりなかった。

結婚していようといまいと、離婚しようとなにをしようと、弥生の基本的な生活は変わっていないのだから当然である。

それでも今まで、そのうち会いにきてくれるのではないかと思って心ときめき、いつ会えるのかなと不安を覚え、このまま会えないのかもと諦めに心を煩わされたので、その時間がなくなるだけ気持ちは自由だ。

もう、結婚しているのにしていない状態に、悩む必要はない。

離婚が成立したと伯父夫婦に報告したとき、二人ともただ笑って交互に頭を撫でてくれた。

「弥生が納得できる生きかたで、幸せになってほしい」

陽平がくれた言葉は、伯父夫婦の一番の望みだろう。亡くなった両親や祖父に、笑顔で報告ができる幸せを摑んでほしいと。

店についてはまだいろいろと思案中のようだが、しばらくは店を開けるのは不定期になる。店を閉めている日は就職活動をしてみようと考えた。

離婚報告は祖父の墓前でも行った。

祖父が生前に遺言として残したときは、きっと弥生が幸せになれるなにかが見えていた。祖父は、弥生のためを思うからこそ、英隆との結婚を決めていたのだ。

まさか、一年も放置されて別れざるをえない状態になるとは考えもしなかったに違いない。

曖昧な結婚。それにやきもきさせられた一年。初めて顔を合わせたときの夫は、印象最悪を極めた。冷徹で、傲慢で、人の気持ちを思いやれない人なのだと。

けれど……。

今、その印象はそれほど悪くはない。むしろ、英隆の写真を初めて見せられて、素敵な人だなと胸がときめいたそれに近い。

触れ合った肌はあたたかくて、弥生を守ろうとした腕は力強かった。眼差しは情熱的で、

……どうして……結婚する前に出会えなかったのだろう……。

抱かれて、情が移ったのかもしれない。

弥生の心からも頭からも、……身体からも、なかなか英隆の面影が消えてくれない。

それでも、立ち止まっている余裕はない。

弥生は新たに就職活動、そして余裕があれば婚活を視野に入れ、大きな希望を持って動きだしたのである。


――二週間後。

大きかったはずの希望は、割れずにしぼんだヨーヨーくらい小さくなっていた……。

「はぁ〜」

声に出すつもりのなかったため息はつい口から漏れてしまい、同じようなため息が近くで聞こえたことに気づいて顔を向けると、隣り合わせのベンチに座った同年代の女性が同じように弥生を見ていた。

なんとなく気まずいところを見られてしまったような気がしたのはお互い様だったようだ。女性は愛想笑いをしてそそくさと立ち上がってしまった。

紺色のリクルートスーツに黒いトートバッグ、今日の弥生も同じようなスーツ姿だが、決定的に違うのは、新卒の就職活動か再就職のための就職活動か、だろう。

同じため息をついていたということは、彼女も就活の壁に激突している仲間に違いない。

平日の昼下がりに公園のベンチに座ってため息をついているなんて。二週間前の自分には考えられないことだったし、考えたこともなかった。

オフィス街の公園は、弥生がよく知っている公園とは雰囲気がまったく違う。

ここには散歩をしているお年寄りも、走り回る小さな子どもも、一緒に砂場でしゃがみこむ母親もいない。

しかも、公園内では弥生と同じようにスーツを着た若者をちらほら見かける。ときどき座ってスマホを見ていたり、ジュースを飲んでいたり。

仕事中の会社員の通り道にもなっているようで、スーツ姿の男性が忙しそうに歩き、OLらしき女性もいた。

弥生はといえば……、三度目の面接を終えたところである。

「……今回も駄目だろうな……」

空を見上げて呟けば、一緒に目に入るビル群に「そうだね」と言われている気分になる。

今まで、就職活動はしたことがない。なにをするべきか迷ってオロオロするなら初めからプロに頼ったほうがいいと考え、ハローワークで相談に乗ってもらった。

調理師の資格持ちだしお弁当屋さんで接客の経験もある。飲食店関係がいいだろうかと考えつつ話し合った結果……。

まだ若いし、違う職種を検討してもいいのではという話になった。そこで事務職を紹介してもらったのだ。

しかし、初めての面接で、開口一番言われたのは……。

『書いてないけど、うちは大卒しか採らないんだよね』

二社目……。

『いい高校出てるのに、どうして弁当屋で働いたの？　頭いいんでしょ？　大学行けなかったの？』

今回……。

『履歴書は拝見しました。採用の場合はご連絡しますので。ご苦労様です』

別室で三十分待たされ、三分とかからず終わった。

企業というものは、就職希望者にこんなにも冷たいものなのだろうか。それとも弥生が行ったところがそうだっただけか。

（学歴かなぁ……）

現実的に考えるとそうかもしれないとも思う。専門学校に行ったことを後悔したことなどないし、あのころはこれしかないと思っていた。

やはり飲食店関係にターゲットを絞ったほうがいいのでは。

就活も難航しているし、もうひとつの課題である婚活に備えて結婚相談所というものを覗いてみようかと考えた。

客入りが悪くなってからもお弁当を買いにきてくれていたお客さんの中に、結婚相談所の社長と結婚が決まった女性がいる。

すでに引っ越してしまっているが、数回一緒にお弁当を買いにきてくれたことがあって、その結婚相手が名刺をくれていたのだ。

『ご興味を持っていただけましたら、婚活、などと構えず、ぜひサロンに遊びにきてください。誰かの幸せになったお話を聞いているだけで、その幸せを分けてもらえた気分になるものです。スタッフはみんな、お茶とお菓子を前に恋のお話をするのが大好きな女の子ばかりですので』

……非常に、誘い上手で感じのいい社長だった……。

そのときはまだ離婚をしていなかったし婚活など考えたこともなかったのに、ちょっと遊びに行きたいと思ってしまったほどだ。

沈んだ気持ちにささやかな癒やしを求め、ふらふら～っと名刺にあるビルの前まで行ったのだが……。

ちょうどビルから出てきた幸せいっぱいといわんばかりのカップルのオーラに負けて、撤退してしまった。

離婚したばかりの身に、あの幸せムードはハードルが高い。

「……就活するかぁ……」

心がくじけそうになれば、つい逃げ道を模索するのは誰にでもある。しかしここで逃げてはいけない。

気を取り直し、弥生はバッグの中から折りたたんだ紙の束を取り出す。ハローワークの職員が、検討用にと求人票をプリントしてくれたのだ。

その中で、他業種からの転職歓迎、高卒可、とハッキリ書かれたものに目が留まった。

「……これ、いいかも……」

「やめとけ。有名なブラック企業だぞ」

「そうなんですか?」

「ホワイトな誘い文句がやたらと多いところは気をつけろ」

「そうなんですね、ありがとうござ……」

なんとなく返事をしていたが、ハッと言葉を止める。

（わたし、誰と話してるの⁉）

声がした背後を振り返りながら、反射的に立ち上がりかける。その腕をガシッと摑まれ、動けなくなった。

ベンチの背もたれ越しに立っていたのは……。鋭い眼差しの眉目秀麗。

「見つけたぞ、弥生。結婚しよう」

――伊集院英隆。

木々の木漏れ日が、まるで彼が発しているオーラに見える。絶対的な存在感に思考が止まりかかったせいで、とんでもない言葉に対して反応が遅れた。

「……はいぃぃ⁉」

（なんて言った？　なんて言った、この人、今、なんて言った⁉）

「OKだな、よし」

「違う違う違いますって！」

「はい、と言っただろう」

「あれは返事ではなく驚きの表現ですっ」

「なぜ驚く」

「あなたがこんな場所に現れれば驚きますよ！」

「照れる必要はない」

（違うっっ！！！）

全神経で否定するが、きっと言葉で言ってもわかってはくれないだろう。弥生は気を取り直して数回短い深呼吸をし、英隆を見たままベンチに腰を下ろした。

「あの……放してくれませんか……」

依然腕を摑まれたままだ。

「また逃げるだろう」

「に、逃げるってなんですか。それに、『また』って」

「逃げただろう。二週間前、ホテルから」

「あれは……逃げたわけでは……」

逃げた……のかもしれない。もしあのまま英隆の腕の中で朝を迎えてしまったら、離婚するんだという決心が揺らいでしまいそうだった。

そのくらい、彼の腕の中が心地よかったから……。

「逃げたから……謝らせるために追いかけてきたんですか……？」

「聞こえなかったのか。結婚しようと言っている」

「聞こえるけどなにを言ってるのかわかりません」

「プロポーズだが?」

「今さらプロポーズとか、なに言ってるんですか。ちゃんとしたプロポーズのやりかたも知らないクセに」

焦る弥生に対して、彼は普通の会話をしているがごとく平然としている。

自分がおかしいことを言っているとは思っていないのだろうか。二週間前に離婚したばかりだというのに。

考えてみれば、結婚だって書類一枚で済ませて放置していた人だ。おかしいことを言っているとは思っていない。むしろ、なぜ弥生が慌てるのかわかっていないのだろう。

弥生の顔を凝視して、彼はなにかを考えているようだ。腕を摑んでいた手を離し、前に回りこむ。せっかく放してもらった右手を取られ……。

彼は弥生の前に立つと、彼女を見つめたままその場に跪いたのである。

「結婚しよう。弥生」

尋常ではないオーラがみなぎっている。イケメンは観賞物、くらいの気持ちしか持ったことはなかったが、この場合、イケメンは凶器だ。

おまけに手を取って跪くなど、凶器を通りこして兵器並みの破壊力ではないか。

通りかかった就活生風の女の子が二人、こちらを見ながら声を潜めてきゃあきゃあ言っている。まさかこんなところで〝跪くイケメン〟を拝めるとは思ってもみなかっただろう。

弥生だって、まさかこんなところで離婚した元夫に復縁を迫られるとは、夢にも思わなかった。

今さらこんなことをされても、困る。

「……なにしてるんですか」

「おまえが、プロポーズのやりかたも知らないと言うから、こういうほうがいいのかと思ったのだが？」

「……とにかく、立ってください。こんなところで……恥ずかしい……」

「立ったらＯＫなんだな？」

「立っても座ってもしゃがんでも、お返事はできませんっ」

手が離れないまま、弥生が先に立ち上がってしまう。強気になって英隆の顔を見たが、彼が納得いかないとばかりに表情を変えたのでヒヤッとした。

「わ……わかってますよね？　離婚……したんです。あなたとは……。それも、離婚したばかりなんですよ？」

「理由はなんだ？　俺に離婚する理由はない。妻がいて便利だと言ったろう？　理由があるのはおまえのほうだ」

「理由……?」

「おまえは不貞を働いているわけではなかった。それならなぜ離婚したかったんだ」

「そんなの……今さら……」

離婚理由は不貞と決めつけて、話なんて聞こうとしなかったくせに。今ごろなにを言っているのだろう。

……いや、言っても無駄だと決めつけてはいなかったか。不貞疑惑をかけられて、そうではないとわかってもらうことに必死で。

自分から言おうとはしていなかった気がする。

英隆は自分が言ったとおりの裏切りではなかったから、ムキになっているだけだろうか。

それとも、本心からその理由に向き合おうとしてくれているのだろうか。

「もう、離婚したんだし、関係な……」

「言え」

たったひとことなのに、とても威圧的だ。なにがなんでも聞き出そうというのだろう。

理由も知らずに離婚をするのは、自分のプライドに関わるとでも思っているのだろうか。

不貞と決めつけて、処女であるかを確認しようと迫ったことといい、あまりに自己中心的に感じる。

こんな人に、本当の理由を話したって……。

だいたい、妻がいて便利、という彼の考えかた自体がそもそも問題なのだと、なぜわからないのだろう。

「……理由も知らないままでは……、亡き祖父に顔向けができない……」

まるで、まつ毛を伏せた英隆の顔からは、険が抜けている。

まるで、悪さをした言い訳をしにいく前のような戸惑いを感じる。この人がこんな顔をするなんて、予想外だ。

彼のような人が遺言に従って動いたのなら、彼は伊集院家の祖父を大切に思っていたのではないか。大切な人だから、その人の言うことを聞いたし、それが中途半端な形で終わってしまった理由に納得したいのだ。

弥生にとっても、祖父は大切な人だった。英隆も同じなら、理由もわかってもらえるかもしれない。

「……祖父は……わたしの祖父は、わたしが幸せになることを望んでくれていました……。そのうえで、結婚を遺言として残していた。……祖父は、信じていたんです。あなたと結婚すれば、わたしが幸せになれるって……」

弥生は英隆の顔を見る。怒りだすだろうか。それでも、ここまで言ったら最後まで気持ちをさらけ出さなくては、弥生もスッキリしない。

「でも、わたしは一年間夫と名のついた人に会うことはできませんでした。結婚していても、していないも同然だった……。これは、幸せですか？　あなたと婚姻関係にあったわたしは、幸せだったんでしょうか？」

英隆は黙って弥生の話を聞いている。怒りだす気配はない。弥生は言葉を続けた。

「わたしを育ててくれた伯父夫婦も、わたしが幸せになることを望んでくれています。実を言えばお店の経営が立ち行かなくなっているから、早いうちにわたしには普通の仕事を見つけてほしいって、そして、いつか普通の結婚をして幸せになってほしいって。伯父夫婦を安心させてあげたいし……わたしも、……自分の家庭が欲しいです……。ですから……離婚をしたかったんです」

自分の家庭が欲しいなんて、思っても口に出したことはない。

伯父夫婦とは家族だと思っているし、不満もない。けれど、自分の家庭を手に入れるというのとは違う。

結婚すれば、その家庭ができるはずだった……。けれど……。

「……わかった……」

英隆が弥生の手を放す。顔から表情が落ちているような気がして、ズキッと胸が痛んだ。

本当にわかってくれたのだろうか。弥生が言いたかったことは伝わったのだろうか。確認をしたかったが、これ以上この話題で追い詰めるのもいやだった。

弥生はバッグを肩にかけ、急いで会釈をして英隆に背を向ける。

「それならなおさら、俺は復縁を希望する」

気まずさが全身から漂う弥生の背後から、声がかかる。無視できない内容に足が止まり、慌てて振り返った。

すぐに目が合い、心臓が跳び上がる。弥生を見る英隆は、いつもの凛々しい様相を取り戻していた。

「諦めない。覚えておけ」

弥生が口を挟む間もなく、今度は英隆が背を向ける。

彼が立ち去る背中を、弥生は信じられない思いで見つめた。


「あー、お弁当屋さんのおねーさん！」

バスを降りて自宅の出入口に回ろうとしたとき、無邪気な女の子の声に引きとめられる。顔を向けると、母親に手を引かれた幼稚園児ほどの女の子が弥生を指さしていた。

以前はよく買いにきてくれていた母子だ。女の子が人懐っこい子で「お姉さんのお弁当買いにきました」と元気よく挨拶をしてくれる。

母親がパートのシフトで遅く帰るときに利用してくれていた。最近はやはりファミレスのほうに心変わりしていたのか姿を見なかったので、ずいぶんと久しぶりだ。

出入口に下りたシャッターの前で立ち止まっているということは、もしかしたらお弁当を買いにきてくれたのだろうか。

「あの……、今日はお店、もう閉めちゃったんですか?」

思ったとおり、母親が気まずそうに尋ねる。弥生は近づきながら申し訳なく首を振った。

「今日はお休みだったんです。すみません、せっかく来てくださったのに」

「そうなんですか。……この子が、お姉さんのお弁当食べるって言いだしたので……」

母親は女の子と目を合わせ「お店休みなんだって」と言うが、女の子は不満そうな顔になってしまった。

「お姉さんのお弁当食べたい……」

「いつ食べても美味しいもんね。でもね、今日はお休みなんだって」

「う〜〜〜」

女の子は不満と言うよりは悲しそうだ。胸がギュッと苦しくなるが、弥生は身体を横にかたむけ、ちょっとおどけて女の子を見る。

「明日は開いてるよ。来てくれますか？」

「うんっ」

女の子がぱあっと嬉しそうな顔をしてくれたせいか、弥生も嬉しくなる。母子は明日の夕方に来ますと言って帰っていった。

「……やっぱり……お弁当屋さん続けたいな……」

うしろ姿を見ながらそんなことを呟いてしまうが、弥生だけではどうしようもない。

とにかく、明日はお店を開けようと提案しなくては。店の横にある自宅の入口から入ると、見慣れない革靴がある。お客さんらしい。

気を使って静かに廊下へ上がる。すると、キッチンから玲子が出てきた。

「おかえり、弥生ちゃん。坂口さんが来てるよ」

「坂口さん？　こっちに？」

「なんだか弥生ちゃんに用があったみたいなんだけど、いないって言ったら、お店を移転しないかって話をされて……」

「お店の移転？」

「駅前のビルに移転してみないかって話を、弥生ちゃんにしてから反応次第で陽平君にしようと思っていたみたい。弥生ちゃんがいなかったからそのまま陽平君と話をしているんだけど……」

「伯父さんは……なんて？」

「すぐには返事できないでしょう。……やっぱり、場所はよくてもビルに入るとなるとテナント料とか考えなくちゃならないし……」

今までは自分の家だったから気楽だったが、テナントで入るとなればそうはいかない。場所がいいとはいえ、今まで以上に売り上げに神経を使いそうだ。

（もし駅ビルになんか入っちゃったら……常連さんに来てもらえなくなるな……）

先程の母子のように、ふと、ごはんの石原の味を思いだして来てくれることがあるかもしれない。

そのときに、同じ場所で、同じ笑顔で迎えてあげられたら……。

「あ、やっぱり弥生さんだ。こんばんは」

廊下の奥から坂口が出てくる。続けて陽平も出てきたので、話し合いは終わったのかもしれない。

「こんばんは、坂口さん。訪ねてきてくれたのに、留守にしてしまっていてすみません」

「いいえ、確認しないで来た僕も悪いんですよ。早い者勝ちの情報が入ってきたので、どうしても早くお話がしたくて、店主さんとお話しさせていただきました」

「そうなんですか」

坂口のうしろに立つ陽平をちらりと見ると、帰宅した弥生に笑顔を向けているものの、どこか複雑そうな表情だ。

立地条件から売り上げは見込めても、今の場所への思い入れは強いだろう。玲子もなんとも言えない顔をしている。勝者のようににこやかなのは坂口だけだ。

「それとは別に、弥生さんにもお話があったんです。お時間はいいですか？」

陽平との話し合いでなにか手ごたえがあったのだろうか。坂口は上機嫌だ。話を聞いたらしい二人は浮かない顔をしているというのに。

「大丈夫ですよ。じゃあ、すぐに着替えてきますから……」

「あっ、そのままでいいです。ちょっと、資料などもお見せしたいので場所を変えてお話をと思って」

「場所……ですか？」

「はい。僕のオフィスまで、ご足労願えますか」

移転に関する資料なら陽平に見せるべきだと思うが、もしかしたら本当にしたい話は弥生に関してかもしれない。

二週間前に離婚届を出した際、その旨を坂口にも報告している。

就職やこれからのことについても相談してほしいと言ってくれていたので、そのことかもしれない。

お店を気にかけてくれているうえ、弥生の就職についても考えてくれるなんて。コンサルタントという職業柄、乗りかかった舟くらいの気持ちなのかもしれないが、なんていい人なんだろう。

「わかりました。ご一緒します」

弥生はバッグを肩にかけ直し、二人に「いってきます」と言うと、坂口とともに家を出た。

＊＊＊＊

「このままご自宅に向かいますか?」

公園で弥生と別れた英隆は、車に乗りこんだ早々高野に問いかけられる。

本来ならばまだ就業時間内なのだが、英隆は今日海外出張から戻ったばかりで、空港から直帰の予定だった。

それを、帰る前に弥生に会いたいからと、彼女がひと休みをしていた公園に向かってもらったのだ。

日本を出る前、弥生には監視をつけた。おかげですぐに彼女の居場所はわかる。日々の報告によれば、彼女は就職活動なるものをしているらしい。二週間前からだというので、離婚した直後からなのだろう。

戦果は……芳しくはない。

弥生の職歴を考えれば適したものがあるはずなのだが、おおかた「若いんだから違う職種にもチャレンジしてはどうか」という煽り文句に乗ってしまったクチだろう。

就活に慣れているか、社会経験が長い者なら堅実にいくところ。そのどちらにしても経験不足の弥生は上手く煽られてしまった。

「社長？」

返事がないので再度問いかけられる。下がっていた視線を上げて、ルームミラー越しに高野を見た。

「高野」

「はい」

「おまえ、プロポーズはしたことがあるか？」

なんの脈絡もなく、突拍子もない質問である。しかし高野は戸惑わない。

「数年前ですが」

「構わん。プロポーズをするときに、必要なものとはなんだ」

「プロポーズをする相手でございます」

潔いほどキッパリとした態度。当然すぎることだが、確かに一番必要だ。……しかし、今欲しいのはそういった回答ではない。

高野もそこは心得ている。英隆からひとことある前につけ加えた。

「快い返事が確実なのでしたら指輪が効果的ですね。それと花束など」

「指輪か。婚約指輪というやつだな」

考えてみれば、弥生には婚約指輪も結婚指輪も渡していなかった。

結婚すれば夫婦ともに指輪をはめるものだと知ってはいる。しかし自分がはめようと思ったことはなかったし、相手に対しても、指輪が欲しけりゃ結納金から勝手に買えくらいの気持ちしかなかった。

結婚の話が出されたあの時期、信頼していた幹部の裏切りから海外の工場が事故を起こし、その対応に追われている最中だった。日本と向こうを頻繁に行き来する日々。忙しさのあまり、煩わしさしか感じていなかった結婚というものを、頭から追い払ってしまっていたのが本当のところ。

弥生には結婚したことを忘れていたと言ったが、忘れざるをえなかったのだ。

考えている暇などなかった。もともと女性とつきあうのも煩わしかったし、結婚にも興味がなかったのだから、考える気もなかったというのが正しい。

それでも完全に忘れていたわけではない。しつこく縁談を勧めてくる輩や、隙あらばベッドに忍びこんできそうな女などには「公にはしていないが籍を入れた」という断り文句は役に立った。

弥生はこの一年間完全に結婚したことを忘れていたのだと思って怒っていたようだが、結婚した事実があったおかげで助かったと言っているのに、早とちりがすぎる。

……それでも、結婚していたことを覚えていてほしかったのにと拗（す）ねていると思えば、なんとなく胸の奥がこそばゆいような……おかしな気持ちになるのだ。

（弥生と揃（そろ）いの指輪か……）

胸の奥が飛び跳ねるような感覚に襲われるのはなぜだろう。誰かと物をそろえようと考えてこんな気持ちになったことはない。むしろワザとそろえられるといやな気持ちになったものだが……。

……弥生は、いきなり揃いの指輪を贈られて、いやな気持ちにはならないだろうか。

弥生の反応を想像するだけで胸が躍る。

今まで女性の気持ちを進んで考えようと思ったことなどない。打算だらけの女の気持ちなど考えるのもいやだったからだ。

そんな英隆に、女性の心の機微などわかる由もない。

（いや、なるわけがないだろう。俺と揃いなんだから）

「今の状態で指輪はおやめになったほうが賢明です。花束が妥当でしょう」

「そうだな」

都合のいいほうへ先走りそうになった思考は、上手いこと高野に引き戻される。

……今の状態で、とつけたということは、高野は英隆がプロポーズを目論んでいると見当をつけているようだ。

信号で車が停まると、高野は自分のスマホを取り出して英隆を振り返った。

「手配いたしますか？　明日は休日ですが午前中は役員会議が入っております。会社、またはご自宅に届けさせますが」

「いや、今使いたい。どこかで調達する」

「今ですか?」

素早くスマホを仕舞い信号に従って車を走らせながら、高野は徐々に車線を変えていき交差点で進路を変えた。

「それでは適した花屋を知っておりますので、お連れいたします」

「ラッピングが豪華とかなのか?」

「いいえ、至って普通ではあるらしいのですが、そこで花束を買ってプロポーズする相手に渡せれば必ず成功する、という噂があるそうで」

「渡せなければ駄目なのか。微妙だな。というか、そんな情報をどこから仕入れてくるんだおまえは?」

「秘書課の女性たちが話しているのをこっそり聞いておりました。若い女の子のあいだでは有名なのだとか」

「わかった。その花屋で買うとしよう」

「かしこまりました」

言ったあとで、高野がクスリと笑う。彼が意味ありげにこんな笑いかたをするのは珍しい。腕を組んだ英隆が眉を片方上げると、高野が楽しそうに理由を口にした。

「申し訳ございません。社長が、そのように都市伝説並みの噂に願いをかけられるとは……意外だなと。ご自分から会いに行かれるほど女性に執心されるのも、感情をダダ漏れにさせるのも、初めて目にします」

「……誰のせいだと思っている」

そのまま眉を寄せてじろりと高野の後頭部を睨むが、彼は平然と肩を揺らし楽しそうだ。

アイ・ジェイ・アイグループの社長に睨まれて震え上がらない者はいないというのに、睨まれようと厳しい言葉をかけられようと、高野が震え上がったことはない。

高野はもともと、英隆の祖父である先代社長の第一秘書だった。若いころはまだヨチヨチ歩きの英隆を抱っこしたこともあるという。

先代の動向をよく知る者。だからこそ、引き続き英隆の秘書にもなった。ならなくてはならなかった。

「ったく……おまえと祖父さんのおかげで、とんでもない遠回りだ……」

「そうですか?」

「最初から知っていれば、……一年も無駄にはしなかった……」

――会うくらいはしただろう。会っていれば、きっと弥生を放ってはおかなかった。

悔しげな呟きに、さすがに高野も笑うのをやめた。

「先代との約束でした……。お二人の縁が離れるようなことがあれば、真実を伝えよ、と」

「わかっている。何度も聞いた。……ちょっと、恨み言を言ってみたかっただけだ……」

ため息をつきながら頭をかかえ、英隆は弥生の言葉を思いだす。

彼女は、祖父や周囲の希望を叶えるため幸せになりたかった。

それは結婚に限ったことではなく、一緒にいて心が安らぐ相手と手を取り合うことだったのかもしれない。

――あなたと婚姻関係にあったわたしは、幸せだったんでしょうか？

幸せにしていたら……彼女は、もっともっと、英隆に心からの笑顔を見せてくれていただろうか……。

二週間前のあの日、たった一夜の、夫婦としての時間。

あのとき見せてくれたたくさんの表情や、優しい気持ちを、英隆にくれていただろうか。

不貞だと英隆に疑われたくないと泣いたとき、心がえぐられるように痛かった。弥生は信じてほしかったのだ。夫である彼に。

損得抜きで信頼を求められたことなどない。英隆だから信じてほしいという純粋すぎる彼女に、心が洗われるようだった。

彼女はお金はいらないと言った。夫婦として結婚生活を送りたかったのだと。

英隆は幼いころから、祖父以外の人間とは常にお金ありきの人間関係だった。

十四歳で両親を亡くした巨大グループの跡取り。恩を売ろうとする者や手玉に取ろうとする者が虫のように湧いて出た。

どんなに親切ぶろうと笑顔を大放出しようと、その裏には吐き気を催す下心がある。

所詮人間は、金と下心でしか動かない。

そう思って生きてきた……。

それだから、弥生との関係も金だけの結びつきだと……当然のように思ったのだ。

会ったことのない自分と結婚するというのだから当然そうだろうと。祖父がこのときのために用意していたという結納金、そして指示された生活費の金額。それらに欲がくらんだ愚かな女なんだと……思っていた。

金を返し、別れたいという彼女が信じられなかった。

幹部の裏切りの一件から、裏切りに敏感になっていたのだ。他人を信じられなくなっていたのだろう。

だが、弥生を抱き、彼女という存在を見つめ直して……。

どれだけ、弥生を傷つけていたか……初めて気づいた。

朝になって目が覚めたら、弥生を抱きしめて離婚届を破り捨ててやろうと思っていたのに……。

離婚届ごと、彼女はいなくなっていた。

そしてさらに、高野から聞かされた〝第二の遺言〟に吃驚したのである。

「……クソジジイ……」

「なにか？」

「おまえじゃないっ」

従順に返事をする高野に手を振って否定し、英隆はまぶたをゆるめ弥生を思い返した。

（――今度こそ、幸せにするから……）

＊＊＊＊

坂口のオフィスというのは、小さな五階建てビルの二階にあった。

一階には入口に黒いカーテンが引かれた占い喫茶店がある。お祭りのお化け屋敷の入口みたいだなと思いつつ、横の階段をのぼった。

「足元気をつけて。急な階段だから」

「ありがとうございます。大丈夫です」

「エレベーターは二階からでね。どうしても階段をのぼらなくちゃならないんだ」

「そうなんですか」

一階の喫茶店は独立した造りになっているのだろう。坂口に続いて二階に足を踏み入れると、薄暗い廊下が続いている。廊下の奥になにかの看板が見えるが、会社なのか店なのかよくわからない。

床がコンクリートむき出しなうえに妙に静かだ。あまりテナントが入っていないのかもしれない。

「どうぞ」

入ってすぐのところにあるドアを開けて、坂口が手招きをする。ドアには【坂口コンサルティング】の細長いプレートが貼ってあった。

「失礼します」

少々湿っぽい廊下に比べて、オフィスは照明が明るくホッとする。よけいなものがない小奇麗なオフィスだが、言いかたを変えれば殺風景だ。

ワンルームマンションほどの広さ。スチール書棚とデスク、小さな応接セットがあるくらい。個人経営だと言っていたし、このくらいの規模で充分なのだろう。

ソファを勧められ腰を下ろすと、坂口がお茶を出してくれた。「すみません」と受け取り、ひとまずテーブルに置いて頭を下げる。

「坂口さん、いろいろありがとうございます。お店のこと、気にかけてくださって……。移転の案を持ってきてくれたって聞いて、驚きました」

「いいんだよ。場所も悪くないし、どうかなって思ったんだ。早い者勝ちで決まっちゃいそうだったし」

「伯父さんにも、坂口さんに相談してみたらいいのにって何回も勧めたんですけど、迷惑かけるからって自分でなんとかしようとしていて。それなのに、お声をかけていただいて。伯父さんも感謝していると思います」

「そんなに恐縮しなくていいよ。僕はただ……」

自分の湯呑みをテーブルに置き、坂口は弥生の横に腰を下ろす。ちょっと近いのでは……と思ったとき、膝に置いていた手を握られた。

「弥生さんの力になりたいだけ。弥生さんが喜んでくれるならそれでいいんだよ」

吐息がこめかみに当たる。粘ついた口調が耳に貼りついてゾワッとした不快感を生んだ。

「それは……あ、ありがとぅ……ございます……」

さりげなく手を外そうとするものの、包みこむように握られているせいか強い力ではないのに外すことができない。

思いきり振り解けば離せる気もするが、そんなことをしてもいいのだろうか。お店を気にかけてくれて、弥生の相談にも乗ってくれて、親切にしてくれた人なのに……。

「離婚も成立したらしいし、僕も、遠慮しなくていいかなと思っているんだよね」

座る位置を少しずつずらして、坂口が詰め寄ってくる。弥生も少しずつずれて逃げるが、狭いソファなのですぐに行き止まってしまった。

「さ、坂口さん、見せたい資料ってなんですかっ？　お、お店の移転場所とか、そういうのですか？」

おかしな雰囲気を破ろうと、弥生はわざと明るい声を出す。握られていない片手を自分と坂口のあいだに立て、密着しようとする彼をさえぎった。

そんな反応があるとは思わなかったのか、坂口は身体を離して眉を上げる。少々無理やり手を外し、また握られないよう身体の横に置いた。

「資料っていうか、弥生さんと詰めた話がしたかったんだよ。店主さんは言いづらいだろうと思って」

「なにをですか？」

「ビルのテナントに入るには契約金が発生する。現金で即納できれば、準備に数ヶ月かかろうと場所は確保できるから、契約金だけでも早く入れてしまったほうがいいっていう話なんだ」

「……額は……大きいんですか？」

立地条件はいいのだから、安くは済まないだろう。こわごわ聞く弥生を見て、坂口は困った顔で嗤う。

「まぁ、それで店主さんも悩んでいたんだけど、でも、すぐに支払えると思うんだよね」

「それは……」

大きな額なら無理だ。今の店を開けるだけでギリギリなのに、大金を即納なんてできるはずがない。

「弥生さん、結婚するときにかなりの額の結納金をもらっているだろう？　散財している気配もないし、ほとんど残っているんじゃないのかい？」

「え⁉」

弥生は驚いて坂口に顔を向ける。結納金の話なんて、彼にしたことはない。伯父夫婦がそんなことを話すわけもないし、それなら、どこでそんな情報を仕入れたのだろう。

「そんなに驚かなくてもいいよ。仕事の関係で、とあるご老人の遺言書作成の立会人をやってね。長患いではあったけれど死期が迫っているわけではない。それなのに遺言書を残そうと思ったきっかけはなんですかと聞いたら、昔の部下が孫娘に遺言書を残した際の立会人をやったのが、自分も作ろうと思ったきっかけだって言っていた」

「昔の部下……」

昨年、遺言書を見せられたときのことをぼんやりと思いだしていく。立会人の一人が祖父の元上司だった。弁護士が話をしにきた際、病気で入院中とのことで欠席した。

「誰のことだかわからないと思って、気楽に話してくれたよ。『あいつは孫娘にすごい額の金が渡るように仕組んだらしい。なんとかっていう大企業の坊ちゃんと結婚させるんだと。すごいな』って笑っていたよ。その孫娘って、弥生さんのことだろう？」

「わたし……」

そうではあるが、正直に言うのが怖い。しかし坂口は、間違いないと確証を持っているようだ。

そうでなければ移転の話を持ちかけたりはしないだろう。契約金が大きな額であろうと、即納で支払えると睨んだからこそ声をかけたのではないか。

「少し協力してあげたらいい。契約金やテナント料、設備を整えるための費用を出してあげたって、まだまだ残るだろう？」

ソファから立ち上がり、湯呑みのお茶を一気に飲んで、坂口は弥生に顔を向ける。

なんとなく彼の顔が直視できなくてうつむくと、坂口は背後を回って逃げ道をふさぐようにソファの端に立った。

「弥生さん、店主さんと奥さんに恩返ししたいんだよね？　それならさ、チャンスだと思わないかい？　店主さんに、弥生さんに援助を頼もうと提案したときは渋られたけど、弥生さんから言えば了解してくれると思うんだ」

「伯父さんに、そんなことを言ったんですか？」

「こういう危機には、家族一丸になって立ち向かっていくものだろう？　お金、出してあげようよ。大事な育ての親のためなんだから」

店のために結納金に手をつけようとしたことはある。しかし陽平には「そんなことは考えるな」と窘(たしな)められ、そこまで考えさせてしまったことを謝られた。

移転して軌道に乗れば、お店は続けられる。

確かに場所は魅力的だ。だが、もう無理なのだ……。

「無理です……」

うつむいたまま、弥生は声を出す。坂口が肘掛部分に腰を下ろしたのがわかった。

「離婚したとき……使わなかった結納金も生活費も、すべて返してしまいました。……必要のないものだったから……」

「はぁ⁉」

いきなり大きな声を出されて、身体が大きく跳ね上がる。またその声のトーンが驚いたというより苛立っているように感じられて、弥生は顔が上がらなかった。

「返した……、返したって……！　どうしてそんなこと……！」

片方の肩を摑まれる。勢いがあるせいか力が強くて痛い。

「わたしには……不必要なお金です……。結婚しても使わなかったし……。だから……」

「だからって返すか、普通！　なにやってんだよ、計画が台なしだ！」

「だから、お金は出してあげられないんです……。せっかくお店のためにくださったお話ですけど……」

「それはないだろう！　もう入れそうな客を見つけたって……金は即納できるって返事してるのに！」

「え？」

やっと顔が上がる。坂口を見ると、彼は苛立って怒っているというより、なにかにおびえているような雰囲気だった。

「なに勝手なことしてるんだ！　……ああ、クソっ、やっぱりさっさとモノにして下手なことはできないようにしておけばよかったたっ」

「坂口……さん?」

彼の変わりように啞然とする。先程までのおだやかさは微塵も感じられない。坂口はなにかを考えこみ、弥生を見てにたぁっと嗤った。

「そうだそうだ……。弥生さんは職を探してるんだったよね……」

必死におだやかさを出そうとしているのに、かえってそれがべたついた猫撫で声に聞こえて、不自然な笑顔も相まってゾワゾワする。

坂口はゆっくり立ち上がり、弥生のもう片方の肩も摑んだ。

「いいところ、紹介してあげるよ……。このビルのオーナーさんのお店。弥生さんはかわいいし、指名がたくさんついて休む暇もないかも」

「なんです……か、きゃっ……!」

いきなり身体を押され、ソファに押し倒される。身体をひねった体勢から押されたので後頭部を背もたれで擦ってしまい、首が痛い。

「弥生さんが働いて払ってくれるんだったらオーナーも納得するよ。契約金も毎月のテナント料も、弥生さんなら楽勝だ」

「なんのことで……、あの、放してください……!」

「そうだよ、それがいいよ、今からオーナーに会いに行こう、下の事務所にいるから。すぐ面接してもらえるよ。面接後すぐにでも働ける」

いやらしく顔を歪めながら、坂口が弥生の両肩を揺さぶる。うっすらとわかるのは、まともな就職の世話をしてくれているのではないということ。

身体を使って金を捻出しろと言われているということ……。

「放して……！」

肩を掴む腕を振り解こうと、坂口の肩を押しながら身体をよじる。しかし押し倒されたときに服が背もたれに引っ張られて乱れていたせいか、身動きした反動でブラウスの胸元が引き攣った。

ボタンが引っ張られ胸の隆起が大きく浮き上がる。恥ずかしいと思った瞬間、ボタンとボタンのあいだにできる隙間に指がかかり力任せに引きちぎられた。

「やっ……！」

「そうだよ、ずっと目をつけていてあげたんだから、オーナーより先にヤらせてもらう権利はあるな」

「やっ……だっ！」

弥生は坂口を押しながら身体をソファから落として逃げようとする。しかし身体をずらせばずらすほど破れたところで胸の露出が大きくなってしまう。

「誘い上手だね、弥生さん、これならオーナーにも喜んでもらえる。僕へのお咎めもなしだな、助かるよ〜。助けてくれたぶん、かわいがってあげるから」

「やだってばぁっ……！」

大声で叫んでいるつもりだが、実際にはそんなに大きくはないのかもしれない。力いっぱい坂口を押して身体をずらして抵抗しているつもりでも、実際はそんなに力が出ていないのかもしれない。

それを証拠に坂口はまったく動じていない。弥生のブラウスのボタンを引きちぎり胸を暴いてしまった。

スカートがずり上がってきている気配がする。脚を暴れさせているからなのか、たくし上げられているからなのかも判断がつかない。

「……やめてぇ……っ！」

――そのとき、ドアが壊れたのではないかと思うくらいの大きな音がして、坂口が弥生から引き剝がされた。

「やめろと言っているだろう。聞こえないのか馬鹿者！」

厳しい声がした。いきなり自分を押さえつけていた力がなくなったせいで、弥生の身体はソファの下にずり落ちていく。脚がついたところで四つん這いになってソファの前から逃げ、おそるおそる振り向いた。

「まったく、なんという不潔な場所に弥生を連れてくるんだ。けしからん」

不快極まりないという顔をしてスーツの埃を払うのは英隆だ。彼の出現に驚いて目を大きくする弥生の視界には、壁に投げつけられたらしく、でんぐり返しの途中で壁にぶつかった人、という説明がピッタリな格好になった坂口がいる。

英隆はすぐに弥生のそばに歩み寄り、彼女の手を取った。

「こんなにボロボロになって、かわいそうに」

彼がここにいることに驚いているあいだに、ひょいっと軽く抱きかかえられる。いきなりのお姫様抱っこに動揺し言葉が出ない。

そんな弥生を意に介さず、英隆は坂口を睨みつけた。

「俺の妻に手をかけて、ただで済むと思うな」

「……つっ……」

(妻ぁあっ⁉)

喉が詰まって声が出ず、弥生は心で叫ぶ。

(妻っ、妻って言いました⁉　妻ってっ‼　離婚してるんですよっ⁉)

「つ……ま……？」

坂口も同じ部分で引っかかったらしい。ひっくり返ったまま潰れた声で呟いた。しかし英隆はそんなことはまったく気にしない。弥生とバッグを腕にかかえてさっさと事務所を出た。

「あ、あの……い、伊集院さん……」

「はぁ？」

機嫌の悪い声で応答されてドキリとするものの、階段を下りていた彼はすぐに鋭い双眸の矛先を前方へ変えた。

「声を出すな。しがみついていろ」

小声でも彼の重圧は変わらない。とっさにしがみつきながら人の気配を感じてチラリと視線を動かすと、ガラの悪い男たちが喫茶店から出てきてこちらを見ている。

どう見てもまっとうな職業ではない雰囲気が漂っている。絡まれたらどうしようと弥生は気が気でないが、英隆は平然とビルの前に停まっている車に乗りこんだ。

「お疲れ様でございます。社長。奥様も」

運転席にいたのは高野だ。にこやかな笑顔で振り返るが少し離れた場所にはガラの悪い男たちが見える。怖くないのだろうか。

しかし弥生の心配は杞憂に終わり、男たちは喫茶店の黒いカーテンの中に消えていく。ホッとしていると、頭の上から英隆のため息が聞こえた。

「おまえな……、どうしてこんな危なっかしいビルに入っていくんだ」

「危なっかしいって……、危ないんですか？」

「さっきの男たちを見ればわかるだろう。反社の持ち物だ。あの一階が事務所だな、喫茶店でカモフラージュしている」

息を呑んだ瞬間、喉の奥でヒュッという声ともつかない音が鳴る。つい英隆の腕の中で身を固めてしまった。

ゆっくりと車が走りだす。もしもあの男たちに絡まれていたら……。そんなことを考えてごくりと空気を呑んだ。

「よ……よく絡まれませんでしたね……」

「こっちが交戦的な態度を見せなかったからだ。ただのチンピラならともかく、ああいった手合いは無害な一般人には手を出さない」

「……目つきは無害じゃないですよね……」

「なに？」

「なんでもありませんっ」

何気ない独り言を拾われて、慌てて張りのある返事をした。再びため息が落ちてくる。

「あんな詐欺まがいの、自称経営コンサルタントの言うことを信じていたのか」

「……お客さんだったので……」

「そんなもの、おまえや伯父夫妻に信用させるために決まっているだろう。こんな場所に個人事務所を置いていること自体おかしい。同じ二階には怪しげな風俗店まであった」

看板は見えたが、どんな店かまでは気にしていなかった。一階の雰囲気からして怪しかったというのに。

坂口の話から考えれば、移転を勧めてきた駅前のビルというのも反社の持ち物なのだろう。入居者を見つけなくてはならなかったのか、坂口がオーナーのご機嫌を取るためだったのかは知らないが、ごはんの石原の現状を利用したのだ。

祖父の元上司が何気なく漏らした情報で、坂口は弥生に目をつけた。結婚して大金を手に入れているはずなのに家族経営の小さな弁当屋で働き続けている。上手く取り入ってやろうと、店に通いはじめたのだ……。

おだやかでいい人にしか見えなかった。常連になってくれたお客さんを疑う猜疑心など、持ち合わせていない。

「社長、どちらへ向かいますか?」

「俺のマンションでいい」

「かしこまりました」

「途中で適当な店に寄ってくれ。弥生の服を一式調達してくる」

「承知いたしました」

「えっ、あの、ちょっと待ってっ……！」

二人の会話がなんだかおかしい。弥生は慌てて口をはさむが、英隆にじろりと見られた。

「なんだ」

「わ……わたし、帰らないと……」

「そのボロボロになった姿で帰るつもりか。伯父夫妻がどれだけ心配すると思うんだ」

改めて自分の姿を見ると、ブラウスがひどいことになっている。

ボタンは千切れ布が引き攣れて、暴れたときに引っかけたらしく、ストッキングも派手に破けて伝線していた。

確かにこれで帰ったら「転んじゃった」とかわいく笑っても大騒ぎになりそうではある。

「……伊集院さん」

「はぁ？」

機嫌の悪い声再び。……ビルを出たときもこんな声で反応された。

「助けていただいて……ありがとうございます。あの……本当に、助かりました……。わたし、あんなことになるとは思わなくて……。途中から坂口さんの態度が変わってすごく怖かったんですけど、身体が動かなくて……逃げることも……」

話しながら思いだしているうちに、怖かった気持ちがよみがえってくる。動揺するだけで、たいした抵抗もできなかった。叫んでいるつもりだったけれど、本当に声は出ていたのだろうか。力を入れて抵抗しているつもりだったけれど、本当に力は入っていたのだろうか。

きっと英隆は鼻で笑うだろう。危機管理がなっていないと。女なんだから危ない男は見分けろと。

嘲笑されようと怒鳴られようと、言い返すことはできない。自分の浅い経験と軽率な行動のせいで、こんなことになってしまったのだ。

「ご迷惑をおかけしました……、ごめんなさ……」

泣いちゃいけない。泣けばきっと「女は泣けばいいと思ってる」と呆れられてしまう。それでも嗚咽が漏れそうで、弥生は両手で口を押さえた。

腰に腕が回り、頭を引き寄せられる。彼に身体が密着した状態で言葉が止まると、おだやかな声が耳元をくすぐった。

「……いい、泣くな。おまえが悪いんじゃない」

「すみませ……」

悪くないと許されると、よけいに瞳がにじむ。安堵した心が彼に甘えようとしているのがわかった。

「泣きたいなら泣いてもいい。とにかく、間に合ってよかった」

大きな手で頭を撫でられて、泣くことさえ許してくれる。この人はこんなに優しかっただろうかと疑問は湧いても、それを疑う気持ちの余裕はなかった。

涙がこぼれたタイミングで彼の肩に顔を押しつけられ、スーツやコートを汚してしまったら大変だと頭ではわかっていても、身体はそのまま彼に従い彼を頼る。

「おまえが勝手に離婚届を持って逃げたあと、監視をつけていた。怒るなよ？　そのおかげで、あの男に反社管理のビルに連れこまれたと知ることができたんだ。……本当に、間に合ってよかった」

監視されていたというのなら、弥生の行動はすべて英隆に筒抜けだったのだろう。

就職活動をしていたことも、結果が芳しくないことも。結婚相談所の前で逃げ腰になっていたことも知られているのだろうか。

公園で彼が弥生の前に現れたのも、行動を把握されていたからだ。

こんなことがなければ、人の周りをコソコソ嗅ぎ回って、いやらしい、と嫌みのひとつも言えた。こうなってしまっては、嫌みどころか監視されていたことに感謝しかない。

しばらくして車が停まった気配がする。英隆に彼のハンカチを持たされ、膝から下ろされた。

「ちょっと待っていろ。すぐ戻る」

車から降りた英隆は、目の前の洒落た建物に入っていく。涙はすでに止まっていたが、貸してくれたハンカチでそっと鼻と口を覆ってみる。

英隆のスーツと同じ香り。そこに少し、違う芳香が混じっている気がする。なんとなく彼に抱かれたときに感じた肌の香りを思いだしてドキリとした。

「奥様」

「ははは、はいぃっ」

ハンカチの香りでうっとりしていた自分が急に恥ずかしくなる。顔を上げると高野がルームミラー越しに微笑んでいた。

「恐縮ではございますが、社長のことは、お名前でお呼びしたほうがよいのではないかと存じます」

「名前……ですか？」

る。

「奥様に、苗字で呼ばれるのがおいやなのだと」

確かに、先程から彼を苗字で呼ぶたびに「はぁ?」と不機嫌な声を出されていた気がする。

彼は親しげに名前で呼んでほしかったのだ。二週間前のあの夜だって、弥生が苗字ではなく名前で呼ぶと喜んでいたではないか。

離婚したんだから馴(な)れ馴れしくしては駄目だと勝手に壁を作ろうとしていた。彼は砕けて「弥生」と呼んでいたのに。

(でも……名前を呼んでもらえないから機嫌が悪くなるなんて……)

英隆の子どもっぽい一面を見てしまったようで、なんだか弥生のほうが照れくさい。

にわかに外が騒がしくなる。なにかと思えば英隆が入った店から身なりのいい男女が数人、両手にたくさんの紙袋を提げて車に近づいてくる。

トランクが開いたのと同時に英隆が戻ってきた。

「待たせたな」

「……ずいぶんと……、たくさんですけど、なにを買ったんですか……?」

「弥生の服だ。靴からバッグから下着まで、よさげなものをすべて用意させた」

「はいぃ!?」

平然と出されるその言葉にも驚いたが、トランクに荷物を詰めてから素早く車の横に並んだ店のスタッフが、一斉に頭を下げたのを見て二度驚いた。

啞然としているあいだに車が出る。

「……あ、あんなにたくさん……。どうするんですか……」

着替えさせるとは言っていたが、ファッションショーでもさせるつもりだろうか。

すると、目を白黒させる弥生に、英隆は破壊力のある美麗な微笑を向けたのだ。

「弥生が気に入る物が、一着あればいい」

頰どころか、脳まで熱くなった気がする。弥生は英隆から顔をそらし窓の外に目を向けた。

流れる中央分離帯も、反対車線の車の流れも、視界に入っているのに認識できない。弥生の視線は、窓ガラスに映った英隆にしか向けることができなかった。


都心のエレガンスな住宅地として名高い街。そこに建つ、地上四十二階建ての超高層タワーレジデンス。

その三十五階に、英隆の部屋はあった。

ゆとりを感じさせる2LDK。リビングから続くベッドルームには大きなバルコニーがあり、ここから望む夜景は、きっと抜けるような美しさに違いない。

「で、こっちがパウダールームとバスルームで……」

部屋に入ってから、英隆はご丁寧に全室説明して回ってくれる。確かにあらかじめ教えてもらわないとトイレもどこかわからないような広さだが、全室案内されてもどう反応してよいか迷う。

（ベッドルームとか教えられたって……。別にわたし、使うわけじゃないし……）

ちょっと反抗的に考えてから、……ベッド、大きかったな……と、気になったりもする……。

「まあ、こんなところか。弥生、着替えの服を選べ。風呂の用意をしてきてやる」

「お風呂?」

「風呂でも入って落ち着け。それに、あんなことがあったあとだ。身体も綺麗にしたいだろう?」

「あ……いえ、英隆さんのおかげでだいぶ落ち着きましたし……。それに、……さわられたとか、なにかされたわけではないので……」

「あんな場所の空気にさらされて、あんな奴の目に触れたんだ。けがらわしい。清める必要がある」

……不浄なもの扱いである……。

どうせ着替えるならシャワーのひとつも浴びたいし、豪華マンションの浴室というものにも興味があるのだが……。

（でも……お風呂かぁ……）

二週間前、彼に抱かれる前に入った記憶があるせいか、複雑な気分だ。入浴したあとになにかする予定があるわけではないのに意識してしまう。

しかし英隆は悪気なく勧めてくれているし、こんなおかしなことを考えて意識しているのは弥生だけなのだろう。

「それじゃあ、お言葉に甘えて選んできます。たくさんありすぎて迷うから、最初にさわった袋のお洋服にしますね」

「面白いことを言うな。部屋中に広げて片っ端から着てもいいんだ。そのほうが、どれが自分に似合うかわかる」

「こんな綺麗なお部屋を散らかすなんてできませんよ」

「一年間おまえのものだったはずの部屋だ。遠慮はするな。それにこれから一緒に住めば正真正銘弥生の部屋にもなるんだ」

「す……住みませんよ……、選んできますね……！」

出だしの言葉が弱くて、ちゃんと伝わっていたかが心配になる。

助けてもらったことは感謝しているが、一年間の結婚生活放棄のことを考えると、まだまだ彼に怒っていてしかるべきなような気がする。

なのに……抱かれた日から恨みつらみが思い浮かばない。

今も「一年も放っておいたくせに、なにを言っているんですか。都合がいいですね！」と強く言っていい場面だったのに……。

英隆が、とても面映ゆい表情をしていた気がして、言えなかった。弥生がこの部屋にいるのを嬉しがっているみたいで。

彼の顔を直視できないまま、弥生は逃げるようにリビングへ戻る。

ここに住んでいたかもなんてとても思えない。子どもが運動会をしてしまいそうなほど広いリビングだ。

その一角に、ずらぁっと並べられたショップの紙袋がある。

……何個あるのだろう。というか、いったいなにをどれだけ買ったのだろう……。

最初に手に取った袋で決めてしまおうと思ったが、彼は服から靴からバッグから下着まで……と言ってはいなかったか。

靴やバッグや下着、などはご遠慮申し上げるとしても、ストッキングは替えたい。とすると、この大量の袋をすべて開けてストッキングを探さねばならないということなのではないか……。

英隆の言うとおり、中身を部屋中に広げて、片っ端から見ていかなくてはならないのかもしれない。

「なんていう買い物の仕方をするんだろう……もう……」

呆れたため息をつきながら紙袋をひとつ取る。ずしっと重い。とするとバッグか靴の袋だろうか。弥生はそれを置いて隣の袋を手に取る。……これも重い。

少し離れた場所の袋も同じくらい重い。もしかしたら袋の中に服が何着も入っているからかもしれない。ためしにもうひとつ持ってみても同じくらいだ。

諦めをつけ、これでいいやとひとつ取って袋の上部を留めているショップのシールを剥がして……、驚いた。

不織布で包まれた服や下着の他に、靴やバッグもセットになって入っている。もしやと思い近くにある袋も覗いてみると、同じような内容だ。

どうやら、袋ひとつにつき、服から下着、バッグや靴まで、トータルコーディネートできるようにセットされているらしい。

（ほんとーにっ！　なんていう買い物の仕方をするんですかッ‼）

……いや、あの結納金やら生活費を、はした金扱いできる世界に住んでいる人だ。……今もまだ彼の妻だったら、きっと浪費に文句を言っていただろう。

「彼の妻だったら」なんて思わず浮かんだ馬鹿な考えを振り払うようにハアッと大きなため息をつき、ボロボロになった自分のブラウスを見る。

このブラウスはセールで半額だったな……とぼんやり思いだし、自分と彼が住む世界の違いに気が遠くなりそう。

英隆がプロポーズなんてしてくるから変な考えが浮かんでしまうが、離婚して正解だったのだ。

なぜもう一度結婚したいと言いだしたのかわからない。

もしかして、離婚したとたんに見合いを迫られたりして仕事に支障が出たのだろうか。

けれど、彼にとっての結婚は仕事を効率よく進めるためのものであり、妻は性欲処理の道具で公衆の前で愛想よく笑っていればいいだけの存在のはずだ。

もしまた結婚したとして、妻として愛情をもらえないのなら……結局は祖父の望んだような幸せな家族を作ることなんてできない。

弥生がここに住むなら、近くにいるぶん、かえってつらくなるような気がする。

彼に流されちゃいけない。ほだされかかっていたように感じる心を改めて引きしめる。

そのとき、バスルームのほうから英隆の声が聞こえて我に返った。

「弥生ー！　風呂入ってもいいぞ！」

「あ、はい、ありがとうございます！」

慌てて袋ごと持ってバスルームへ向かう。パウダールームに英隆の姿はなく、バスタオルとフェイスタオルが一式台の上に用意されていた。

弥生に声をかけて別の部屋に行ったのかもしれない。弥生はドアを閉めて服を脱ぎはじめた。

なんとなく気になって、持ってきた袋の中から洋服を出してみる。丁寧に包まれた不織布を外すとライトベージュのワンピースが出てきた。

ウエストまでの前ボタンにサイドプリーツ。シンプルだが作りがいいせいか、とても上品でかわいらしい。気になるお値段は……考えないようにしよう……。

バスルームのドアは開けっ放しになっている。ちらっと見えた窓がずいぶんと大きな気がした。

「わあ……」

大きな気……ではない。バスルームに足を踏み入れて、弥生は思わず歓声をあげる。

リビングもそうだったが、バスルームの窓も大きくパノラマで絶景だ。普通の家ならお風呂の窓がこんなに大きいなんて考えられないが、高層マンションの上層階ではそれが可能らしい。

「すごい……こんな景色見ながらお風呂に入れるんだ……」

「気に入ったか?」

「信じられない……ほぼ窓で……。うわぁ、なんか変な気分」

「窓が一部開くから、外気を入れたら露天風呂気分になれるぞ」

「うわあ、いいですね、それっ」

……と、はしゃぐものの……。

(……誰と話してるの、わたし……)

パウダールームに英隆はいなかった。ここには弥生一人だと思うからこそ。タオルも巻かず、素っ裸で入ってきたのだが……。

「風呂は好きか? それはいい。今度、温泉にでも行こう」

濡れた手で手首を掴まれ、一瞬緊張が走る。おそるおそる顔を向けると……。バスタブで湯に浸かった英隆が弥生を見上げていた。

「な、なな、なんで、入ってるんですかっ」

とっさに身体をそらして片腕で胸を隠すものの、こうするとお尻が丸見えだし、なんだか滑稽だ。

「なんで、って。一緒に入るだろう。当然」

「当然って……いやいやいやいや、聞いてませんから」

「恥ずかしがるな。隠さなくても、弥生の裸は目に焼きつくくらい見たし、オクのオクまで見てるから、安心しろ」

「なんの安心ですかッ」

誰もいないと思って無防備に入ってきてしまったのも恥ずかしいが、彼の言いかたも恥ずかしい。弥生は摑まれた手を放してもらおうと引っ張るが、離れるはずもない。

「ほら、入れ。そうじゃないと、いつまでも俺の前で全裸を披露していなくちゃならないぞ。俺はそれでもいいが」

……いくない。

弥生はおそるおそる英隆に目を向ける。広いバスタブだ。彼はもちろん全裸だし、脚を伸ばして座っているがそれでも余裕がある。

裸体をさらしたまま言い合うより、バスタブのほうが恥ずかしくない……ような気がする。

「あの……あんまり……見ないでくださいね……」

「わかった。うしろ向きで入れ。そうしたら、あまり気にならないだろう?」

お尻を向けるということなので気にならないことはないのだが、前を凝視されるよりはいいかもしれない。

弥生は摑まれた手でさりげなくお尻を隠すようにしながら、彼に背を向けてバスタブに足を入れる。そのまま彼から離れてバスタブの端へ行こうとしたのだが、力を入れて引っ張られた。

「ひゃぁぁっ」

お湯に落ちた身体は、あっけなく英隆に引き寄せられる。このときばかりは浮力というものを恨みたい。

「なんという声を出すんだ。面白いな、まったく」

楽しげに笑った英隆は、引き寄せた弥生を自分の膝に座らせうしろから抱きしめた。

「……つーかまえたっ」

……つーかまった……。

第四章　思いだす熱情

「いたか!?」

「あのヤロウ！　どこに逃げやがった！」

「そんなに遠くには行ってねぇ！　捜せ！」

裏通りのさびれた建物の合間に、殺気立った男たちの怒号が響く。合流地点で顔を合わせ、獲物を求めてまた二手に分かれた。

「坂口のヤロウ……とんでもねぇ奴を引きこみやがって！」

「アイ・ジェイ・アイの社長になんか目をつけられたら、ウチのシノギは全滅だ……。ただじゃおかねぇ！」

足音が、歪(ゆが)んで亀裂の入った古いコンクリートを踏み鳴らし、さらに踏み砕くが勢いで走り去っていく。

——その音を、坂口は廃車の下で震えながら聞いていた。

「……なんなんだ……あの男……なんなんだ……」

冷や汗がだらだらと垂れてコンクリートを濡らす。冷たい地面に這いつくばって外気にさらされているのに、身体は興奮と緊張で熱くて動悸が激しい。

弥生を連れていった男を思いだすと、鋭利な刃物で切りつけてくるような視線がよみがえる。

絶対的な立場の違いを見せつける堂々とした容貌は、逆らえば簡単に踏み潰されてしまいそうな……。

一階の事務所にいる〝オーナー〟の前に連れていかれたときより、臓腑が冷えた。

「畜生……なんなんだ……なんなんだよぉ……」

まだ脚がガタガタと震えている。早いところここから出て、別の場所に身を隠さなくては。

ビルのテナントに入るカモを見つけて契約金を納めさせれば、奴らの縄張りで勝手に仕事をしていたことを許してもらえるはずだった。

それだから弥生に目をつけたのだ。偶然耳に入れた遺言の話から彼女を探し当て、親しくなれるよう取り入った。

ちょうど店がかたむきかかっていたからちょうどいい。これを利用しない手はない。

金を引き出したら、弥生も土産として奴らに渡してしまおうとまで考えていた。そうすれば自分の身はさらに安泰だ。

それなのに……。

『坂口、テメェ、誰の女連れこんだかわかってんのか！　ウチを潰す気か‼』

弥生を連れて男が出ていってから、しばらくしてかかってきた電話と、それとともに階段を駆け上がるいくつもの足音に生きた心地がしなかった。

冷静に考えることなどできない。坂口はなにも考えず二階の窓から飛び下りた。

姿を隠すことに無我夢中だった。裏通りに放置されたままオブジェのようになっていた廃車の下に潜りこみ、息をひそめたのだ。

飛び下りたときに打ちつけた身体や膝、くじいた足首などが痛む。それでも奴らに捕まることを考えればマシだった。

弥生がとんでもない金持ちと形だけの婚姻関係を結ばされていたことはわかっていたが、正直大事なのは弥生がすでに手にしている金であって、結婚を無視している男のほうになんて関心はなかったのだ。

結婚していたときの姓は、伊集院。

珍しそうで、意外に多い姓だから、深くは考えなかったのだが……。

（アイ・ジェイ・アイの社長……？　ＩＪＩ商事のことか……）

　動悸が激しくなる。息苦しさに負けて口で息をするとコンクリートと廃車の強烈な埃臭（ほこり）さが喉を通り、その不快感に咳（せ）きこむどころか嘔吐（おうと）感に襲われる。

　ここで咳きこんだりえずいたりすれば確実に見つかってしまう。坂口は口を閉じることもできないまま、水を流すように涎を垂らしながら、耐えるためにひたすらコンクリートを掻き続けた。

　苦しくて苦しくて、涙から鼻水まで出てくる。

　——どうしてこんなに苦しい思いをしなくちゃならないんだ……。

　逃げ場を求める心は、すでに自分の行動を判断できない。どこかにその責任を押しつけたがる。

（……あの女のせいだ……あのおんなの……！）

＊＊＊＊＊

「あの……」

「湯加減はどうだ？　少しぬるめにしておいたんだが」

「は、はい……いい感じかと……」

「そうか。それはよかった。ぬるめにしておかないと、ゆっくり入れないからな」

上機嫌な英隆の声が背後から聞こえる。聞こえる、だけではない。身体に巻きつく彼の腕の感触まである。腕どころか背中に密着する逞しい胸。お尻の下には筋肉質の太腿。

……と、腰に当たる……硬いもの……。

（……な、なんで……、おっきくなってるんですか……）

口に出したくとも出せず、弥生はただ身体を固める。

バスルームに入ったとたん大きな窓に感動してしまい、すでに英隆がバスタブの中にいることに気づけず、まんまと捕まってしまった。

彼の膝に座ったうえうしろから抱きしめられてしまうという、この恥ずかしさ。顔を上げれば先程弥生が感動した絶景があるというのに、それを堪能してなどいられない。

「あの……」

「バブルバスは好きか？　ジャグジーがついているから、やりたかったら液を入れてやる」

「いえ、……そうではなく……」

「あまり好きではないか？　それならアロマオイルか……、そうだ、今度バスフラワーでも用意しておくか」

英隆は上機嫌で言いたいことをどんどん言う。これでは躊躇していたらなにもしゃべらせてもらえない。

「だからですね……！　どうして一緒に入ってるんですか！　わたしとあなたは今はなんの関係もないんですよ！」

（言えた！）

やっと言いたかったひとことを出せたことに安堵するものの、肩越しに振り向き見た英隆は、キョトンとして、なぜそんなことを言われるのかわからないという顔をしている。

とっさの感想として……、キョトン、なんて、とぼけた顔をしてもイケメンはどこまでもイケメンなんだなと……思ってしまった。

（……いや、ちょっとかわいかったような……）

一瞬……、きゅんっとしかかった自分の心に平手打ちを加え、弥生はキッと睨むように英隆を見る。

しかし英隆はふっと微笑み、弥生のこめかみにキスをしたのである。

「拗ねるな。でも、そんな顔もイイな。ゾクッとした」

怒ったと思ってほしくて睨んだのであって……拗ねたのではない。英隆にしてみれば、弥生のひと睨みなど仔猫(こねこ)が遊んでほしくて怒っている、くらいのくすぐったさしかないのだろう。

「お湯を溜めたついでに入るんだったら、言ってくれれば……」

「弥生だってすぐに入りたかっただろう？」

「いや、待ってるし……」

「一緒に入りたかったんだよ。わかるだろう」

「ひゃっ……！」

いきなり両胸のふくらみを大きな手で包みこまれ、弥生は声をあげて身体を跳び上がらせる。浮力のせいで腰は浮いたが、背後にある硬いものをごりっと背中で擦ってしまい慌ててお尻を落ち着けた。

「ちょっと刺激的だったな……今の」

「な、なにがですかっ」

「そうやってとぼけるんだ？　弥生は～」

両手の指が鍵盤を押すように動き、ふくらみの中に沈んでは柔らかさを楽しむ。胸を押し上げてその様を見せつけてくるので恥ずかしい。

「い、いじゅ……」

呼びかけようとしてハッとする。「伊集院さん」と言ったら、また「はぁ?」と不機嫌な声を出されてしまうのではないのだろうか。

しかし離婚したのに「英隆さん」と親しげに呼ぶのもどうかと思うのだ。……と思いつつ、一緒に入浴するという現状に至っているわけだが……。

彼に流されないと先程心に刻んだばかりなのに、これではせっかくの決心と真逆ではないか。

「あの部屋やらビルやらで、実に不快な空気が身体にまとわりついてしまって気持ちが悪い。さっさと洗い流したいが弥生も早く風呂に入れてやりたい。それなら、一緒に入るしかないだろう」

「あ……」

弥生でさえ薄気味悪く感じた場所だ。英隆のような人なら、足を踏み入れるのもけがらわしいと感じるのではないだろうか。

坂口の話を考えても、ビルの一階から出てきた男たちを見ても、彼らが普通の職業に就いているとは考えにくい。英隆はああいった類の人たちは一般人に手を出さないから平気だとは言ったが、……もし、手を出されていたら……。

もしもの危険性に、内臓がキュッと縮こまった気がした。

「すみません……わたし、伊集院さんを危険な目に遭わせるところでしたね……」

苗字呼びをしてしまいハッとするが、口から出てしまったものは戻せない。柔らかなふくらみをお湯の中でたゆませて遊んでいた手が一瞬止まり、すぐにまた動きだした。

「問題ない。かえって、俺があの場に行ったことで、あの坂口って男は追い詰められることになる」

「どうしてですか……ンッ」

真面目な声で話をしているのに、彼の両手は水面に浮く白桃のような円みに悪戯をしつづける。話を聞かなくてはならないけれど、這うように広がってくる心地よさに意識を取られそうになってしまう。

「あのビルのオーナーは、ずいぶんとウチの不動産部に恩があるらしい。俺が一声かければビルのテナント収入が得られない事態にまで追い詰められる。上の人間なら俺や重役の顔は知っているはずだ。アイ・ジェイ・アイグループの社長が、坂口が連れこんだはずの女をかかえて出てきた、ということは……とんでもないことだ」

弥生には想像もつかない世界の話をされているようで、実際、考えが追いつかない。まるでドラマや映画の話をされているみたいだ。

改めてすごい人の妻になっていたのだと思い知らされる。

……とはいえ……。

「柔らかくて気持ちがいいな～。お湯の中でさわると別格だな」

しきりに胸を揉みながらしみじみと言われると、すごい人、というより、ただのエッチな人にしか感じない……。冷たい、甘さのかけらもない人だと初対面で思ったのに、キャラが変わりすぎじゃないだろうか。

「……あの……そんなに……上げてさわらないでください……」

「俺は上げていない。お湯に浮いた高さでさわっているだけだ」

自信満々で返されるが、絶対に持ち上げて揺らしながら楽しんでいた。……やはり、ただのエッチな人にしか思えなくなってきた……。

「う、嘘で……」

「嘘じゃない。持ち上げてさわる、っていうのはこういうことだ」

円いふくらみが思っていたよりも湯面から上がり、目の前で揉み動かされる。両手の親指と人差し指が頂をつまみ絞り動かす。

「アンッ……やっ……」

ビクビクッと反応して上半身をよじると、さらに刺激を加えられる。指は細かく動き、消極的にその身を沈めていた先端の突起をひねりはじめた。

顔を出した小さな果実を指の腹で擦り、押しこめては浮き上がってくるのを楽しむ。

「な?　嘘じゃなかっただろう?」

「わ、わかりました、わかり……ぅンッ……もう、いい……」

「俺はまだよくない」

胸だけでは足りないと言わんばかりに、英隆の舌が首筋を舐め上げる。肌についた雫を すすり、唇で吸いついて、弥生を味わう。

「ンッ、あ……やぁ……はぁ、あっ……」

「いや、か……?」

訊ねる声色に淫靡なトーンが混じる。ゾクッとした電気が走って腰が伸びると、そこに片手が伸びてきた。

太腿を割った手は簡単に小さな花芽をとらえる。指先でノックされただけで大きく腰が動いた。

「あっ……やっ、そこは……ぁ」

「好きだよな」

大切な真珠の周囲をぐるぐる回され、さらに指二本で挟まれる。抜けていくような快感が走ってお尻に力が入った。

「ハ、フゥ……ぅん……」

下半身が小刻みに震える。その反応さえ湯面に伝わってしまうせいで、感じていますと彼に伝えてしまう。

乳首も執拗にこねられ、力が入っていたはずのお尻からお湯に溶けていく。快感に脱力しかかる身体は英隆に寄りかかり、差し出すように向けられた耳孔に舌を挿しこまれぐちゅぐちゅと舐められた。

「あっ、ひゃ、ンッ、……やっぁあっ」

ビクビクするたび湯面が跳ねる。耳元でクスリと笑われ、虚をついて指先が膣口に潜りこんできた。

「やっあっあ……」

「なんかたくさん出ているな……。気持ちいいか？」

「やっ……やぁ、さわっちゃ……ぁあん……」

そんなに深くはないがぬちぬちと中を穿たれ、ぬかるんだものがお湯に広がり溶けていく。中途半端に挿入される指が媚壁を刺激するので、その恩恵を受けられない奥の部分がヘンに疼く。

そのせいか愛液が溶けだす感覚が止まらない。英隆もじれったそうに指を膣口で大きく回した。

「挿れてほしいか……？　弥生……」

淫らな誘いが強烈に弥生の全身を煽る。その声を耳に入れた瞬間、へその裏がきゅうっと絞られ花筒が媚襞（びひだ）を揺らした。

「ハハ……正直だな。でも、指はそんなに締めなくていい」

「ち、違いますっ……」

「挿れてほしいんだろう？　強がらなくていい。俺も結構キてる」

英隆が身動きすると背中に当たったものが存在をより強く主張する。湯船に入ったときも大きくなったそれを感じていたが、さらに大きく硬くなっているのがわかった。

初めて彼を感じたときのことを思いだして、官能がじわっと蕩（とろ）ける。身体が彼を求めているのだと自覚しかけて、弥生は理性を振り絞ってそれを振り払おうとした。

「だ、駄目ですっ……そんなの……」

「どうして。おまえ、自分の身体がどうなっているのかわかってないのか？　感じて濡れまくっているうえに、俺が欲しくて指を引きこもうとしているんだぞ」

説明を聞いただけで想像してしまう。自分の身体が彼を求めているのはわかっている。気を許せば、流されるままに彼を受け入れてしまうだろう。

しかし、そんなことをしていいはずがない。この人とは、もう夫婦ではない。

「り……離婚してるんですよ……。なのに……こんなことしちゃ駄目でしょうっ……」

彼の両手を振り解こうと、せめて背中に当たるモノをなんとかしようと、弥生はバスタブの端を摑み無理やり身体を浮かせる。

しかしその体勢は彼にとって都合がよかったらしく、浮いた腰を両手で摑まれグッと上げられた。

「きゃぁっ……！」

「おまえは……夫婦じゃなきゃシちゃいけないわけじゃないだろう。クソ真面目なのか、とぼけているだけか、どっちだ？」

「そ、それでも、恋人同士でもないし……」

「俺はおまえにプロポーズしただろう」

じれったくなったのか、先程まで背中に当たっていたものがお尻に押しつけられる。

このままでは本当に挿入されてしまう。そうしたら、……また……あの夜みたいに、彼に溺れてしまう。

（そんなの……駄目……）

「だって……伊集院さんは、プロポーズしたってわたしのことなんか……！」

「あっ！」

英隆がいきなり大きな声をあげる。なにかを思いだして出てしまったという感じの声で、彼がこんな慌てた声を出すなんて思いもよらない。弥生も驚いて言葉と動きを止めて振り向いた。

「俺としたことが……」

片手で顔を押さえ、彼は項垂れる。

「あ、の……どうかしたんですか……」

おそるおそる尋ねる。英隆は大きく息を吐いた。

「……ゴムを……持ちこんでなかった……」

「は……？」

言われてみれば、彼の手にも身近なところにも、こういうときに使うべき大切なものがない……。

（でも……ちゃんとそんなことを考えてくれたんだ……）

彼の強引な性格からして、俺がシたいんだからいいんだ、という感じでことに及ばれても不思議ではないと、勝手に思っていた。

結婚を無視して妻を放置していた非常識な人ではあるが、こういったことには常識的だ。

それとも、弥生だからそうしてくれているのだろうか。

(わたしだから……?)

かすかに胸がきゅうぅん……としかかり……。

ハッと、我に返る。

(ここで気を許しちゃ駄目! シてもいいですよ、とか言っちゃったらどうするのぉ!)

弥生は英隆の気が抜けているうちにバスタブから出る。急いでシャワーを頭からかぶって、さりげなく脚のあいだを綺麗にしながら彼に顔を向けた。

「じゃ、じゃあ、わたし、お先に出て着替えていますね!」

もし引きとめられたら……と警戒もしてみるが、それは杞憂に終わり、彼はすっかり諦めたのか一人湯船に沈んでいた。

「……俺も……落ち着いたら出る」

「は、はい……」

ナニがですか……と聞いてはいけない。落胆する様子に、なぜか弥生が罪悪感を覚えつつ、自分の予想以上にぬかるんでいた脚のあいだに苦戦する。

（なんで……こんなに感じちゃったの……）

ちょっと切なくなりつつ、バスルームを出た。

身支度には、意外と時間がかかった。

持ちこんだショップの袋の中には下着まで一式入っていたが、ここまで買ってもらったものを身に着けてしまうのも……と考えこんでしまい、結局下着は自分のものを着けたのである。

そうすると、改めてワンピースを見て、こんな高価なものを着てもいいのだろうかという気分になる。

値段は知らないが、あんな看板も出ていない、お得意様しか知らないようなブランドショップで英隆がそろえたものだ。

きっとバーゲンになっても弥生には買えない代物だろう。

しかし、破かれたブラウスやら埃で汚れたスーツを着て帰るわけにもいかない。そうなると逆に、家を出たときと違う服装で帰ったことを、伯父夫婦にどう説明したらいいだろうかと迷う。

そんなことでもだもだと悩み、髪を乾かし、結局はワンピースとストッキングを着用し、リビングへ戻った。

初冬の夕暮れは早い。入浴をしているあいだに空は茜色(あかねいろ)をかすかに残し、暮色蒼然(ぼしょくそうぜん)とした様をリビングの窓いっぱいに広げていた。

「綺麗……」

ここから見る夜景はきっと絶景だろうとは思ったが、夜の手前の風景も素晴らしい。弥生は惹きこまれるように窓辺へ近づいた。

「ずいぶん着替えに時間がかかったんだな」

背後から英隆の声がする。彼がリビングに入ってきたのが窓ガラスに映っていたので、弥生はそのまま窓の外の景色に見入った。

「お洋服、本当に着てしまっていいのかなとか思って……。悩みながらもたもたしちゃいました」

「ふうん」

近づいてきた英隆が、弥生の肩を摑み自分のほうを向かせる。彼はバスローブ一枚だ。髪も濡れたままで無造作に前髪が下りている。

いつもとは違う魅力を感じて、ドキッと大きく鼓動が高鳴った。

「似合うな。いつもより少しだけ大人っぽく見える。これでメイクをすれば、俺の横に並んでも恥ずかしくない立派な社長夫人だ」

「そ、そういうことを言わないでください」

「ハハハ、そう怒るな。なにも飲んでいないだろう？　なにか持ってきてやる」

プイッと横を向いた弥生を笑って流し、英隆はキッチンへ歩いていく。彼の背中を追っていた目を窓に戻し、弥生は赤くなっている自分の顔からも目をそらす。

怒ったのではない。照れくさかったのだ。

洋服が似合うと言われたこともそうだが、彼の横に並んでも恥ずかしくない、そこに社長夫人という言葉を使われてしまったことが。

英隆が、弥生の存在を受け入れてくれているようで……戸惑う。一年前だったらこの言葉に素直にうっとりとできただろうに。心がぐらぐらしているのを感じる。

「これ好きだろう？」

すぐに戻ってきた英隆が缶を差し出す。それを見て弥生は目を丸くした。

渡されたのは、いつも飲んでいるノンアルコールのカクテルだ。それもお気に入りのシトラス系。カシスオレンジ。

「どうして……」

アルコールが苦手だというのは、前回の食事の際、弥生のことを調べて知っていると言われた。さらに好みの飲み物まで調べたのだろうか。

不思議そうにしていると、両手で持っていた缶の口を英隆が開けてくれた。プシュッといい音がして、ビターなオレンジの香りが漂ってくる。

「家の近所のコンビニで、これをよく買うらしいな」

「そうですけど……伊集院さんもお好きなんですか？」

「なぜ」

「冷蔵庫に入っていたんですよね。冷えてるし……。好きだから買ってあったのかなって」

「弥生が飲むだろうと思って用意してあったものだ。よけいなことを考えないで飲め」

自分のぶんを開け、弥生の缶に軽くぶつけて、英隆は口をつける。

コンビニで買えるノンアルコールのカクテル。こんな豪華なマンションの上層階で、彼のような人が弥生に合わせて同じものを口にしているなんて。

どうしてそんなことをするのだろう……。

お風呂で渇いた身体に水分を補給すると、次なる提案が出された。

「昼間の調子で弥生を捕まえられたら、洒落たレストランの個室でディナーついでに再度プロポーズだなと思っていたんだが、今日はいろいろあったし、馴染みのレストランからディナーのデリバリーでも頼んで、ここで食べてゆっくりするか」

「いいえ……そんな、わたし、これ飲んだら失礼しますから……お構いなく……」

片手を振って遠慮をするが、英隆はまたもや軽く流す。

「そう言うな。腹も減っただろう？　大丈夫だ、俺も酒は飲まないから帰りは家まで弥生を送っていける」

「いえ……、家を出るときは坂口さんと一緒で、伯父と伯母はそんなに遅くなると思っていないだろうし……」

「……弥生を送っていって、石原夫妻に挨拶をするつもりでいる。弥生と、もう一度結婚させてくれと」

「……どうして……！」

弥生は英隆を凝視する。どうして彼は、いきなり結婚に積極的になったのだろう。結婚していたってその事実を忘れるほど無関心だったのに。

「今さら……わかりません……。結婚していないと周囲が煩わしいから、って理由なら、伊集院さんの結婚観に合う人を見つければいいじゃないですか。……わたしは……無理です……」

「初めてお会いしたとき……言いましたよね。『妻なんてものは、おとなしく夫の性欲処理をして客が来たら愛想よく笑っていればいい。俺はそれ以上は望まない』……って。仕事をするうえで便利な存在だって。それがあなたの結婚観でしょうけど、わたしは共感できない……。無理です……」

「俺の結婚観？」

ショックだった。会ったこともなければ話したこともない夫に希望を持った自分も悪いのかもしれないが、自分の存在が、そんな位置に置かれていたと知って。

「妻を、気兼ねなく抱ける女、に位置づけているから、……元妻のわたしにも……あんなふうに気軽に迫れるんじゃないんですか……。そのうえでまたプロポーズって……。そんなに、わたしをお気軽に抱ける女にしておきたいんですか」

弥生の話を黙って聞いていた英隆だったが、「そうか」と呟くと缶を飲み干す。大きく息を吐きながらソファのほうへ歩いていった。

「……そうだな……。結婚なんてくだらないと思っていたし……、隙あらば押しつけられそうになる女ばかりで辟易していた。社会的な地位と金だけで寄りついてくるっていうなら、妻なんてものは性欲処理用で充分だと思ったし、それ以上の役目なんて……思いつきもしなかった」

缶をテーブルに置き、なにかを考えこむ。凛々しい双眸が、ゆっくりと弥生をとらえた。

「……おまえは……違った。アイ・ジェイ・アイグループ社長の妻、という肩書が欲しいわけでも、贅沢がしたいわけでもなかった。……幸せになってほしいという、亡くなった両親や祖父の願いを、育ての親とも言える伯父夫妻を安心させてやりたいという希望を、俺との離婚に懸けた」

――一瞬……英隆の言葉に、なにか違和感を覚えた。

「おまけにおまえは……。恩人の孫娘だ……」

「恩人……」

それを深く考えられないままに、別の疑問が覆いかぶさってくる。

記憶の底から、それほど気にしていなかった言葉が掘り起こされる。英隆と初めて会った日、彼が彼の祖父の遺言で弥生との結婚を知っていたと聞かされた。

彼の祖父は、「恩人との約束」と言っていたらしい。祖父がなにをしたのかは知らないが、こんな大企業に関わる人が「恩人」とまで言って孫同士の結婚を遺言に残すほどだ。

そしてその遺言を、英隆ほどの人が律儀に守ろうとするのだから、よほどのことがあったのだろう。

「おまえに託されている願いを、俺が叶えたい。いや、俺しか、おまえを幸せにできる男はいないと思っている」

　言葉と表情に自信がみなぎっていて圧倒される。ここまで言いきられてしまっても、自惚れとかただの自信過剰には思えない。

「弥生、おまえの結婚観はどんなだ？　夫婦がともに家庭を築いていくことか」

「それは……はい」

「具体的には？　どういうことをする？　弥生は、結婚したらどういうことをしたいと思っていた？」

　……なんだか、必死である。彼は落ち着いて聞かせろとばかりに弥生を手招きし、ソファに腰を下ろして隣の座面を叩く。座っていろいろと聞かせろということらしい。

　ときどき休日に顔を見せてくれていた社宅の子どもたちのようだ。会話が自分の知りたいこと興味のあることになると目を輝かせて夢中になる。

　英隆を子どもたちと一緒にしてしまうのは失礼なのかもしれないが、どうも放っておけない気がして、弥生は彼に向かって歩きながら言葉を出した。

「……一緒にお買い物とか……、あっ、お買い物っていっても、洋服を買いに行って『その棚のものを全部』みたいなやつじゃないですよ。日々の食料品とか、雑貨とか……。『今晩なに食べたい？』とか聞きながら……『お野菜残しちゃ駄目だからね』とか言って一緒にトマトとか選んだり……」

「トマトは食べられるが？」

「たとえです、たとえっ」

「それで？　あとは？」

「あとは……旦那さんのお仕事が忙しくないときは、二人で夜通し部屋で映画を観たり……感想を言い合っているうちに朝になっちゃったり……」

「夜通しでもいいなら、俺は夜通し弥生を抱いていたい。夢中になっているうちに朝になって……」

「希望を願望で返さないでくださいっ」

「あとは？」

急かされるものの、なんだか恥ずかしくなってきた。一緒に買い物に行くだの、夜通し映画を観るだの、夫婦じゃなくてもできるし、どちらかといえば恋人同士のよう。

それに先程から話が通じているような、いないような。どうせ通じないなら、思っていたことは言ってしまったほうがいい。

「あとは……季節柄……、一緒にクリスマスツリーを飾ったり……」

「クリスマスツリー？」

「干支の飾り物とか、新年の用意をしたり……。あっちのしめ飾りがいい、こっちのしめ飾りがいいって選び合ったり……」

　このマンションにしめ飾りが合うかどうかは問題だが、つい想像して笑みが浮かぶ。缶を口につけてその笑みをごまかし、弥生は英隆の前に立った。

　手から缶を取られテーブルに置かれる。隣に座ったほうがいいのかと思った矢先に両手を取られた。

「わかった」

「はい?」

「おまえの願い、すべて叶えよう」

　弥生の両手を握り、英隆は真剣な眼差しを向けてくる。

「一緒に買い物に行こう。果物でも野菜でも、一緒に選ぼう。夜通し映画を観て、俺が手を出しそうになって弥生に叱られて、でも弥生は優しいから朝まで抱かれてくれる。一緒にクリスマスツリーを飾ろう。オーナメントもたくさん用意する。弥生にならカ『こんなに飾りきれない』と怒られてもいい。しめ飾りは、洋風の家にも合うシックなものやモダンなものも増えている。特注してもいい。一緒に選ぼう。それと……」

「ちょ、ちょっと待ってくださいっ」

希望の先を行った英隆の返事に、弥生は思わず待ったをかける。彼は冗談で言っているわけでも、その場しのぎで言っているわけでもないのがわかる。

真剣な中に冷厳さを湛える双眸が、弥生を見つめて甘く艶冶になる。

彼が、心から、身体全体で弥生を求めているのを感じて、ゾクゾクとした震えが止まらない。

「そんな……どうしてそんなに、積極的なんですか……」

「弥生の望みだろう?」

「それは……そうですけど……」

「おまえの望みは……すべて叶えてやりたいんだ……」

弥生の両手を口元に寄せ、英隆はその指先にキスをする。強い電流が走って、弥生の身体がぶるりと身震いを起こした。

「弥生」

「あっ……」

その手を引き寄せられ前のめりになる。素早く両腕で腰を抱かれ足が浮いた瞬間、彼が背もたれに身体を沈めたせいでその上に倒れこんでしまい……唇を奪われた。

「ふぅ……ンッ」

両手をソファについて身体を起こそうにも、背中を反らした格好で圧しかかってしまっているので、離れようにも離れられない。

スカートをたくし上げられ、バタ足でもできそうなスタイルで投げ出された両脚がむき出しになる。

なにをするのかと口を挟みたいが体重をかけた状態で唇を押しつけられているせいで逃げどころがなく、また咥えこむように唇を貪られ逃がしてもらえない。

無防備な舌をさらわれ彼の口腔で吸い立てられ、喉の奥から頭まで痺れてくる。激しいくちづけに顎が外れてしまいそう。

内股に両手をかけられ両脚が大きく開く。とっさの羞恥に口腔内の気持ちよさも吹き飛びそうになったが、そのまま膝を座面に置かれ体勢が楽になった。

弥生が楽になるように誘導してくれただけなのかもしれないが、結果的には英隆の腰を大きく跨ぐ座りかたになってしまっている。

これはこれで結構恥ずかしい……。

おまけに彼のバスローブの合わせが乱れてしまっている。下のほうまで見えてしまいそう……というかもう顔を出しているような気配さえ感じてしまい視線を下げることができない。

「んん……ハゥ、ンッ！」

キスに翻弄されて下半身が気になっているうちに、ワンピースの前ボタンが外されていく。座面についていた手で英隆の両手を摑むが、あっけなく肩から落とされてしまった。

「弥生……ブラジャー……」

「え……？」

「どうして買ってあげたやつを着けていない？」

入浴前に脱いだところを見ていたわけではないと思うが、よく彼が買い与えたものではないとわかったものだ。

……とは思えど、ワンピースと一緒に入っていたのはレースや刺繡がいっぱいの、いかにも高級でございますという代物だった。今着けているものもそれなりにかわいいが、豪華とまではいかない。

一目瞭然である。

「下着まで……お世話になるのも、ちょっと……と思いまして……」

しどろもどろで説明をする。唇が少しだけ離れた位置なので、弥生を見つめる彼の瞳が目の前にあって戸惑ってしまう。

その瞳が、ちょっと拗ねたような気がする。えっ、と思った瞬間、ブラジャーのホックが外された。

「駄目だ。没収」

「えっ！　あの、返して……」

とっさに彼の手を離したせいで、ブラジャーごとワンピースの袖が腕から抜ける。ワンピースは腰で止まっているが上半身裸の状態だ。

「や、やだ……」

胸を隠そうとしたが英隆のほうが行動は早い。目の前のふくらみに吸いつき、もう片方を鷲摑(わしづか)みにした。

「ぁあっ、やぁンッ……」

吸って吐いてのリズムでじゅくじゅくと乳頭がもてあそばれ、ときおり根元を甘嚙みされる。歯が突き立てられるたび、そこから嚙み切られてしまいそうな恐怖感と快感が背中合わせで擦り合わされる。

「あっ……ぁ、伊集院さっ……」

「英隆だ」

視線を向ける彼と目が合う。先程までは苗字呼びに戻されたくらいでムキになるなんて……と思っていたが、今はなぜか、こうしてこだわる彼に胸の奥が切なくなる。

彼は弥生に、自分の存在を受け入れてほしいのだ。

突き離すな。離婚したことで、すべてなかったことにするな。

――お互いに夢中になって一年間の空白を埋め合ったあの夜を、忘れるな……。と、弥生の内側に入りこんでくる。

「……英隆……さんっ……」

腰の奥が、ずくん……と重くなる。そこから熱いものが広がって、弥生は腰を震わせた。

「弥生……」

頭を引き寄せられ、唇が重なる。貪るようなキスではなく、お互いの吐息を与え合うような、唇の表面を愛撫する官能的なキスだった。

「弥生……弥生……」

「……英隆さん、ぁ……」

「弥生……」

「英……隆さっ……ぁんっ……」

名前を呼び合うたびに体温が上がっていく。彼の声が耳に心地よくて、もっともっと呼んでほしいと感じた。

「英隆さん……」

彼も同じ気持ちだろうか。弥生が名前を口にすることでその声やトーンに煽られて昂ぶりを感じてくれているだろうか。

この人を興奮させられているんだと思うだけで、秘められた部分から潤いの粒が吐き出されていく。淫猥な肉のはざまで広がって、快感の沼地が作られる。

「ひでたかさぁ……ん……ぁん」

お尻のほうからストッキングが大きく裂かれ、一瞬驚いて唇が離れる。英隆の口元がニヤリと嗤ったのを見て、脚のつけ根に力が入った。

「……しみてきてる」

「え……、しみて……」

「俺の脚までぐちょぐちょだ」

うしろから回っている手がショーツの上から秘部を擦る。ぐちゃりとした感触が伝わってきて、本当にショーツまですっかり濡れてしまっているのがわかった。

「やだ……わたし……」

濡れてきている自覚はあったが、いつの間にこんなになっていたのだろう。

恥ずかしくて脚を閉じたい気持ちになる。しかし弥生のこの反応で英隆が喜んでいるのを感じるせいか、恥ずかしげに腰をもぞもぞ動かしはするが閉じようとはしなかった。

「やだ、じゃない。風呂で中途半端に終わってしまったから、弥生の身体が疼いている証拠だ」

「言いかた……いやらしいです……ンッ、ぁ……」

布越しに秘部を掻かれるのが、もどかしく刺激的だ。ショーツが濡れてしまっているせいもあるが、ぐしゅぐしゅと布を通して水音がする。

「いやらしくもなる。……俺も一緒だ」

英隆がバスローブの紐を解く。合わせを開くと熱り勃ったものがさらされるが、開く前から顔を出していたのを知っているので、弥生は上手いこと視線だけをそらした。

「恥ずかしいのか?」

「はい……やっぱり……見慣れないし……。ごめんなさい、あの、気持ち悪いとか、そういうことではないので……」

「わかっている。一回や二回で喜んでジロジロ見られたら、俺も引く」

エヘへと照れ笑いをしながら英隆を見ると、片腕で抱き寄せられる。彼に密着することでそそり勃ったものが見えなくなったのはいいが、代わりにお腹にくっついてまた慌ててしまった。

「けど俺は、弥生のココを初めて見たときから大喜びだったな」

　ショーツの脇から指が滑りこみ、あふれる潤いの中で泳ぐ。秘裂をなぞり蜜でふやけた秘肉を擦り上げた。

「あぁぁっ……やっ、ンンッ」

「どうしようもないくらいぐっちゃぐちゃだな……」

「あっ、や、やぁぁん……」

　二本の指で恥骨の裏側をぐりぐり圧され、弥生は堪らずあえぐ。腰だけではなく上半身まで悶え動いた。

「あっ、あ、やだっ……ン……」

「それはちょっと……俺もヤバいな……」

　弥生が悶え上がると、お腹に密着した彼の滾(たぎ)りを肌で擦ってしまう。身体を動かすたびに熱い屹立がぐにゅっと動く。当たっているだけならとても硬く感じるのに、表面は柔らかな皮膚に覆われているのだと知った。

　……ちょっと、さわってみたい欲求にとらわれるが……。

(なに考えてるのっ、こんなときだからって、やらしいな、わたしっ!)

　羞恥のあまり自虐に走るものの、弥生の身体が気持ちよさでいっぱいになってしまっているのは間違いがない。

蜜口の周囲を擦られ、指の腹でふさいで軽く圧迫される。それだけなのにお腹の奥にまでぐんぐん押し上げてくる感触が響いて、腰が跳ねた。

「アンッ、やっ、や……英隆さぁンッ……」

「……限界だ……挿れるぞ、弥生」

「えっ……で、でもっ……」

そんな予感はしていたがにわかに慌ててしまうのは、彼が避妊具を用いていないからだ。浴室では手元にないからとやめてくれたのに。やっぱり我慢できないから、このまましてしまおうという考えなのだろうか。

聞いてみようか。しかしここまでしてしまっている状態で、それを聞くのはムードが読めないと言われてしまうのでは……。

いやしかし、夫婦ではないのだから、それなりの危険性がある行為は避けるべきだ。ここは強く言ってもいいのではないか。

悶々と考えこんでいると英隆に身体を離される。彼はなんの躊躇もなく屹立に避妊具を施した。

「あ……」

予想外で、ついその光景を眺めてしまう。と……。

「なんだ、弥生、急に興味が出たのか？　ちょっと興奮するな。じっくり見ていいぞ」

「結構です、違いますっ、興味なんか出てませんっ」

　慌てて顔をそらし、口調がちょっと強めになってしまったのを後悔する。いやがっているると思われなかっただろうか。

　しかし英隆は楽しげにアハハと笑う。

「照れるな。なんなら、さわってもいい」

「そういうので見てたんじゃないですっ。……それ、持ってたから、……お風呂では持ってなかったのに……。いつの間にと思って」

「ああ、バスローブのポケットに入れておいた。風呂では準備を怠ってしまったからな。同じ失敗は二度としない」

　実に堂々と口にするが、それはもしや、入浴を終えてから弥生を抱く気満々だったということなのでは……。

「……スル気……だったから……持ってたってことですか？」

「もしかして、の可能性に望みをかけて、だ。弥生を抱きたくて身体がおかしくなりそうなのに、期待しないわけがないだろう」

「そんなこと……あっ！」

なんだかんだと話をしているうちに彼の準備は終わり、英隆は弥生の腰を持ち上げる。

「弥生、挿れてみろ」

「え……このまま……ですか？」

腰を上げるとスカートは落ち、彼自身まで隠してしまう。おまけに弥生はショーツを穿いたままだ。

ストッキングは破れてしまっているしショーツもぐちょぐちょで、着替えは必須な状態。ついでだからこのままでいいということなのかもしれないが、挿入を任されても、どうしたらいいものかわからない。

ひとまずショーツをずらして……と考えつつ、落ちているスカートをたくし上げる。

「もう少し上げろ」

「え？」

言われたままに生地を手の中に握りながらたくし上げていく。やっと太腿が見えてきたが、英隆のＯＫは出ない。

「……英隆さん」

「もっと」

なんだか恥ずかしくなってきた。自分でスカートをまくって恥部を見せようとしているかのよう。

スカートの前が腹部まで上がって、スカートと呼べる部分は腰でひと固まりになってしまう。さらされた部分を見ていた英隆が、弥生に目を向けて満足そうに微笑んだ。

「ショーツの前まで濡れてシミになってる。いやらしくてすごく興奮するな」

「英隆さん……見ないでくださ……」

頬が熱い。ただ恥ずかしいだけなら乱れることはない呼吸が、なぜか荒い。英隆だけではなく、弥生も興奮しているからだ。

英隆は顔を斜めにして弥生を覗きこむ。

「なぜ？　すごく、いやらしい顔をしているのに、そんな心にもないことを言うのか？」

「……意地悪ですよ……」

「すまない」

クスリと笑って、英隆は弥生の股間に貼りつく濡れた布をずらす。自分自身を秘部にあてがい、彼女の身体をちょうどいいところまで前に出させた。

膨らんだ切っ先が膣口をふさぐ。ドキリと鼓動が跳ねた弥生に、またしても英隆の指示が出された。

「このまま、腰を落とせ」

逆らう理由はない。弥生がゆっくり腰を落としていくと、膨らんだ切っ先を呑みこみ大きな質量がめりこんでいった。

「あぁぁぁ……」

自らが動いて自身を拓く。どこか自慰にも似た行為に感じて、弥生は羞恥に震える。

「ハァ……あっ……ぁぁ……」

ゆっくり腰を落として意識していると、隘路が雄茎の形になってそれを呑みこんでいくのが伝わってくる。媚襞が歓迎して奥へ奥へと引きこんでいくので、いつの間にやら恥骨同士がくっつくところまで挿入された。

「んっ、ぁ……入った……、英隆さ……ハァ……」

挿入するあいだ、彼はずっと弥生の顔を見ていた。自分の中がいっぱいになっていく感覚に全身が打ち震えていたのはわかるが、どんな顔をしていたかは自分ではわからない。苦しそうだっただろうか。それとも、いやらしく歪んでいただろうか……。

意識しすぎなのか気のせいか、淫路にはまった屹立がまた膨らんだ気がする。切っ先が膣壁を撫でて悪戯をしているようにさえ感じた。

英隆が動いているわけでもないのにこんなことを感じてしまうなんて、なんていやらしいことを考えるんだろう。

花筒がぴくぴくと痙攣する。弥生を見つめる英隆が一瞬片頬を歪め「んっ……」と小さくうめいた。

「英隆……さん……」

彼はなぜ動いてくれないのだろう。ときどき目尻を歪めながら弥生の顔を見ているだけだ。

「あっ……ハァ、ぁ……」

充溢感が、ゆるやかに甘い感覚にすり替わっていく。いっぱいに詰まった腹部の感覚さえ、そこから蕩けて腰が抜けそう。

弥生の変化は英隆にも伝わっているのだろう。彼女の腰を支え、前後に揺らしはじめた。

「すごい締めてくる……。興奮した？」

「ぁ……ん……、はい……」

「気持ちよさそうな顔をしている。目が離せない……。ほら、自分で動いてごらん」

彼の手が腰から乳房へ移る。両手で揉み回され、胸からもゆるやかな愉悦が広がった。

「あぁ……ァン……、や、だ……こっち……ンッ……」

放置される腰がつらくて不満を口にしそうになるが、弥生は両手を英隆の肩に置き、自ら腰を前後に揺らしはじめた。

「ぁ、ンンッ……ぁんっ」

発生するのは柔らかな快感。自ら動くことで手加減してしまうせいか、これはこれで気持ちがいいもののどこか物足りない。

前後に揺れていた腰は上下にも動く。繋（つな）がった部分を擦り合わせ細かく動くと花芽までが刺激された。

「あぁぁ……英隆さん……」

「ここ、気持ちいいのか？」

優しい声を出しながら、彼の指はショーツの上から小さな粒を押し潰す。制御できない強い電流が走って腰を跳ねさせると、その状態のまま擦り立てた。

「ふっ……ぁ！　やっ、……ダメ、擦っちゃ……ああっ！」

「弥生も擦っていただろう？　俺に押しつけて」

「ああンッ……ごめんなさっ……あっ！」

「もっと強く擦ってやらないと、ちゃんとイけない」

「んんっ、そんなこと、しなぃ……あぁんっ！」

「そうか？」

アッサリと指が離れていく。ゆっくりと引かれた指先が濡れ光っているのを目にしてドキリとした次の瞬間、その指を英隆が舐めてしまい、へその奥がぎゅうっと絞られた。

「そうだな、イかせてやってもいいけど、どうせなら一緒にイきたいし」

弥生のスカートをたくし上げ腰ごと摑むと、英隆はグイッと腰を上げ大きく突きこんだ。

「ああっ……！」

「自分で動くと手加減するから……、気持ちいいばっかりでなかなかイけないだろう？

俺がイかせてやるから。安心してろ」

「なに、が……あんしん……ああっ！　ダメっ、深い……！」

突き上がってくる剛直が、奥を目指してガツンガツンと打ちこまれる。強い刺激を求めていたとばかりに胎内が歓喜して、弥生ははばかりない声が止まらなくなった。

「ダメっ……あぁん……！　オク……オク、当たって……ああっ！」

「当ててるんだよ。ずっと弥生の感じている顔を見ていて……俺も限界だ……」

「そんな……しらた……イっちゃ……あぁんっ……英隆さっ……！」

「駄目か？　イっていいぞ」

「でも……でもっ……、英隆さんは……、あぁっ」

彼は一緒にイきたいと言っていた。このままでは弥生が一人で達してしまう気がする。

「……一緒に……イくんじゃ、ないの……？」

荒ぶる呼吸をなんとか抑え、問いかける。その瞬間動きを止め、わずかに目を見開いた英隆だったが、すぐに力強く弥生の内奥を穿った。

「……ひゃぁっ……あああ、やぁぁっ——！」

目の前で風船を割られたような衝撃で、一気に愉悦が駆け抜ける。達してしまった自分を意識する間もなく、英隆の剛強が立て続けに打ちこまれた。

「やっ……やぁぁん！　ダメっ、壊れちゃぅ……ぅぅンッ！」

「そうやって、俺を煽るようなことばかりするからだっ」

「し、してな……してない……ぁあっ、ダメェっ……！」

激しく刺し貫かれながら、気がつけば自らも腰を揺らしている。乳房が重たく揺れ、自分がどれだけ夢中になって悶え動いているのかを思い知らされるが止めることができない。蕩けるくらい熱くなった胎内を、弥生を壊そうとする剛強がぐぼぐぼと音をたてて往復する。もう、その感覚にしか意識がいかない。

——英隆に抱かれることが、こんなにも気持ちいい……。

「ダメェ……！　もっ、イ、クっ……ぅ」

「弥生っ……！」

快感で目がかすむ。大きく突き上げられ、そのまま身体が飛び上がってしまうような感

覚に包まれた。

「あぁっ……！　ひで、たかさぁんっ……ダメェっ――――！」

大波にさらわれ恍惚に意識を持っていかれそうになるが、同時に達した英隆に強く抱きしめられ、その腕の力強さに自分を保った。

「弥生……」

息を荒くする彼の胸が上下している。密着したところからどくんどくんと大きく響くのは彼の心臓だろうか。それとも自分のものだろうか。

「ひでたか……さん……」

溶け合う鼓動と体温を感じながら、二人はそのまま、しばらくお互いの肌を感じ合った。

本能に従えば離れがたい気持ちはあったのだが、弥生は帰らなくてはならない。

追い詰められた坂口が伯父に無理やり話を勧めにきていないかも心配だった。しかしその点については英隆が高野に指示を出していたらしく、すでに石原家に出向いて説明をしてくれているそうだ。

それを聞いて少し安心し、弥生は英隆と夕食をともにしてから、家まで送ってもらったのである。

「弥生ちゃん！」

自宅前で英隆の車を降り、わざわざ助手席のドアを開けに出てくれていた彼と微笑み合ったそのとき、玄関のドアが開く音とともに玲子の声が響いた。

見ると、玲子がエプロン姿で飛び出してくる。急いで履いたサンダルに足を取られそうになりながらも、弥生に駆け寄った。

「おかえりなさい、弥生ちゃん。よかった、ちゃんと帰ってきてくれて」

「ただいま、玲子さん。大丈夫だよ、ちゃんと電話で説明したでしょう？」

「うん、でもね、とんでもない人に連れていかれちゃったんだって驚いたから……」

弥生の無事に必死で気に留められていなかったようだが、玲子はやっと英隆の存在に気づいたのか、顔を向けキョトンとした。

「あなたは……」

「はじめまして、石原玲子さん。伊集院英隆と申します」

「伊集院……」

玲子は数秒英隆の顔を凝視してから「あっ」と声をあげる。

「あなた、弥生ちゃんの……！」

「はい。ご挨拶が遅れ、申し訳ございません」

玲子が英隆の顔を見てキョトンとしたのも凝視したのも、ちょっとやそっとではお目にかかれなさそうなイケメンが目の前に現れたから……ではない。

彼の顔に見覚えがあったからだ。弥生がもらった英隆に関するファイルで、彼の顔を見ている。

玲子がキッと表情を改めて英隆に向き合う。一瞬ドキッとしたのは、もしや玲子は英隆に文句を言うつもりなのではないかと思ったからだった。

彼は「ご挨拶が遅れ」とつけたが、誰がどう見ても遅れすぎだ。結婚するときどころか結婚してからも、彼からは挨拶の「あ」の字もなかった。

「あの、玲子さん……」

弥生は状況を説明しようとする。一応電話では「坂口から助けてくれたのは離婚した人だ」とは伝えたが、それだって、どういうわけでそうなっているのかわからないだろう。

心配する弥生をよそに、玲子は柔らかくお辞儀をした。

「たくさんのご注文、ありがとうございました」

頭を上げると、彼女の顔はいつもの柔らかな笑顔に変わっている。

「この時間に仕込みをしているなんて、久しぶりなんですよ。主人のステーキ弁当を気に入ってくださっているとお聞きして、とても嬉しいです。張りきってご用意させていただきますね」

「楽しみにしています。昼の弁当が楽しみで会議も張りきれそうですよ。ステーキソースが絶品です。レシピを買い取りたいくらいです」

「まぁ、嬉しいっ。それじゃあ、社長さんのぶんは特別製にしてご飯にもソースをかけておきましょうか」

「それは嬉しいです。困ったな、食べすぎてしまいそうだ」

なごやかに笑い合う両者を見ながら、今度は弥生がキョトンとしてしまった。それを察した英隆が説明をしてくれた。

「明日、役員会議があるんだ。昼を挟むから、高野に言って【ごはんの石原】さんに弁当を発注させた。坂口の件で説明に向かわせたときに注文したはずだから、少々忙しくさせてしまったかもしれない」

「そう……なんですか……」

以前、陽平の腕をずいぶんと高く評価してくれていた。もしかして注文をくれたのは弥生にいいところを見せるためかもしれないが、それでも、今はありがたい。

弥生も英隆に向き直り、ぺこりと頭を下げた。

「ご注文、ありがとうございました」

「弥生が喜んでくれるなら、それに越したことはない。ところで、せっかくだから伯父さんにもご挨拶をしたいんだけど」

「え？」

弥生が顔を上げると、英隆は弥生を通りこしたところを見ている。彼が見ているところには、陽平が立っていた。

「伯父さん、ただい……ま……」

弥生の声は途中で小さくなる。いつもは弥生が外出から帰ってきたときに顔を合わせれば「おかえり！」と元気な声で迎えてくれるのに。陽平は、弥生を見ていない。真剣な顔で、黙って英隆を見ていた。

いやな予感が胸に広がる。もしかして陽平は怒っているのではないか。――英隆に対して……。

「はじめまして、石原陽平さん。伊集院英隆です。ご挨拶が遅れましたこと、誠に申し訳ございません」

英隆にも、陽平の気迫は伝わっているのだろう。玲子に挨拶をしたときの口調より慎重になっている気がする。

彼は陽平の前に立ち頭を下げる。——いきなり、陽平が英隆のコートの胸を摑み引っ張った。

「伯父さっ……！」

驚いた弥生が止めようとする。しかし腕を横に出した英隆に動きを制された。

チラリと向けた視線が、無言で弥生に頼みこむ。

——話をさせてくれ。……と。

「……本当なら……ぶん殴ってやりたい……」

陽平の声は、とても複雑そうだった。怒りたいのに怒れない、でも言いたいことがありすぎて言葉にならない。狼狽する目が、それを物語っている。

「店がおかしな被害に遭うのを防いでくれたことや、弥生を助けてくれたこと、オレの弁当を気に入ったと言ってくれたことも、感謝しかないし、普通に嬉しい……。でも……でもな、それを差し引いたって……あんたが弥生にしたことを、オレは許せないよ……！」

コートを摑んだ手が震えている。陽平が爆発させようのない思いに痛嘆してるのが伝わってきて、弥生まで胸が痛くなった。

「この一年……弥生がどれだけ悩んでいたと思ってる！　結婚したはずなのにしていないも同じなんて……不安にならないわけがないだろう！　そのうち連絡をくれるんじゃない

かって、待って、待って、……それで一年だ。そのあいだあんたは、なにをしてたんだ！　弥生のことなんか、頭になかったのか！　どんなに忙しくたって、連絡のひとつくらいしようと、思えなかったのか！」

慌てた玲子が陽平に駆け寄る。しかし夫を窘める言葉は出ないまま、下を向いて肩を震わせた。

いつも笑顔で弥生に接してくれている玲子だが、想いは陽平と同じなのだ。弥生を悩ませ迷わせた英隆に、複雑な想いを持っている。

しかし、店や弥生を気にして助けてくれたことや、車を降りた弥生が英隆と微笑み合っているのを見て、もしかしたら責めるべきではないと感じたのかもしれない。ただ黙って下を向き、嗚咽を漏らす。

「……おっしゃるとおりです」

英隆は静かに言葉を出す。どれだけ責められようと、彼は冷静に陽平の言葉を受け止めていた。

「石原さん……、私を、殴ってくれませんか」

陽平と玲子が驚いた顔で英隆を見る。それは弥生も同じだ。いきなりなにを言いだすのだろう。

陽平だって、殴りたい気持ちはやまやまだろう。それを押しとどめているというのに。

「殴って……許されるとでも思ってるのか……？」

「思ってはいません。けれど、私が弥生さんにしたことを思えば、弥生さんの親も同然のあなた方にはその権利があるし、そうして当然だと思うのです」

殴って許されると思ったのなら、馬鹿にされているような気持ちになる。陽平はそう感じたのだろう。出した言葉が震えていた。しかし英隆は冷静に返し、一拍置いて言葉を続けた。

「私には、遺言で結ばされた婚姻など、なんの興味もなかった。過干渉気味だった私の祖父が、結婚もせず仕事ばかりしていたら困ると考えて、金を払って知人から孫娘を買い取ったくらいにしか思っていなかったのが本当のところです」

英隆の言葉を聞いていると、初めて彼に会いに行った日を思いだす。結婚していたことさえ頭になく、珍しいものを眺めるように弥生を見ていた。

「弥生さんが現れ、離婚を申し出てきたときには驚きました。なぜ離婚をしたいのかわからなかった……。不貞まで疑い、私は彼女を傷つけた」

次の瞬間、パンッと肌を弾く音がする。

弥生は息を呑んだ。目に映ったのは、英隆の頬を平手で張り、涙をボロボロ流しながら悔しそうに唇を引き結ぶ——玲子の姿だったのだ。

「……弥生ちゃんは……そんな子じゃない……」

絞り出す声は、震えながらも強く英隆を責める。

玲子は悔しかったのだ。弥生に非はないのに不貞を疑われ傷つけられた。同じ女性として、それがどんなにつらいかわかる。

さすがに陽平も英隆から手を離し玲子の肩を抱き寄せる。

玲子の力で叩かれたくらいでは顔がかたむきもしない英隆だが、心に響くものはあったのかもしれない。ゆっくりと頭を下げた。

「申し訳ありません。……ありがとうございます」

もしかしたら、彼は殴ってほしかったのかもしれない。許されるとは思わなくとも、ひとつのけじめとして。

英隆は頭を上げ、再び胸の内を口にする。

「……ここまでした私ですが、二人で話し合いをした日、数時間で、私は弥生さんの虜になりました。彼女はとても一途で純粋で、一緒にいるだけで心が清められていく。彼女に会ってみようとも思わなかった一年前の私を、それこそ殴り倒してやりたい」

褒められているのはわかるが、少し恥ずかしい。話し合いをした日には身体を重ねているのだから、よけいにかもしれない。

「石原さん、私は、弥生さんにプロポーズをしました」

「え？」

「えぇ？」

これには二人とも驚いたようで、そろって目を大きくして英隆に顔を向け、互いにギュッと強く抱き合った。

「返事はもらえていません。当然です。しかし私は諦めません。私は弥生さんと結婚したい。彼女と一緒に食事をしたり休日を楽しんだり、クリスマスツリーを飾ったり、しめ飾りを選んだり、そうやって生活する……家族になりたい……」

わずかに振り向いた英隆の目が面映ゆくなごんでいた気がして、弥生のほうがポッと頬があたたかくなるのを感じてしまった。

「私が結婚する相手は、弥生さんしかいないと思っています。弥生さんこそ、私が幼いころから追い求めていた女性だ。全力で弥生さんを愛します」

頬があたたかくなるどころか、顔全体が熱くなってくる。口調に説得力がある人だけに、聞いていて照れてしまう。

「プロポーズのよいお返事をいただけるまで、店に顔を出したり、弥生さんをお誘いすることが続くと思いますが、そんな私の決意をご理解いただければと。どうぞよろしくお願いいたします。この一年、誠に申し訳ございませんでした」

謝罪の部分で声が大きくなり、英隆が深々と頭を下げる。高身長のせいなのか、それとも彼から漂うオーラのせいなのか、謝罪する姿にまで迫力があって圧倒された。

この人がこんなに深々と頭を下げて謝罪することなどあるのだろうか……。謝ったこと自体ないような人が、何度も頭を下げている……。

さすがに伯父夫婦も当惑して言葉が出ない。すかさず弥生がフォローに入った。

「あ、あの、英隆さん、わかりましたから、頭を上げてください……」

「え⁉　プロポーズ、ＯＫしてくれるのか⁉」

「そんなこと言ってませんっ。英隆さんみたいな人が頭を下げていたら怖いからやめてくださいって言ってるんですっ」

「怖いか……自覚ないんですか？」

「……自覚ないんですか？」

彼の勘違いについムキになる。怖いから……は言いすぎだったかもしれない。一瞬、英隆が拗ねた顔をしたような気がする。

どことなく気まずげな二人のフォローに入ったのは、先程まで泣いていた玲子だった。

「あの……こんなところで立ち話もなんなので、伊集院さん……上がってお茶でもどうですか?　あまり高級なお茶はありませんが、弥生ちゃんはお茶を淹れるのが上手なので、きっと気に入ると思いますよ?　ねぇ、あなた」

人前なので、玲子も「あなた」呼びになる。慣れないせいなのかお茶でもどうですか発言のせいなのか、陽平は「そ、そうだな」と戸惑い気味だ。

玲子さんナイス、とは思うが、弥生がお茶を淹れることがすでに決まっているようだ。

(まぁ、いいか……。お茶くらい淹れてあげよう)

なんとなく照れてしまったのは、一緒に湯呑みをかたむけながらくつろぐ姿を想像してしまったからだ。

「いいえ、とんでもない。石原家に上がらせてもらうなど、私にはまだ敷居が高いです」

英隆は頑として断る。敷居が高い……。間違いではないのかもしれないが、やはり英隆のような人が言うと……以下略。

伯父夫婦には固い信念を貫く英隆だが、弥生を見た彼は今までの真摯な表情をフワッとゆるめた。

「連絡する。着信拒否しないでくれよ?」

「し、しませんよ……」

「弥生も、なにかあったらすぐに連絡をくれ。『茶柱が立った。ラッキー』でもいいから」

「……SNSじゃないんだから……」

呆れ顔になる弥生の両手を握り、英隆は嬉しそうに微笑む。

「会いにくる。弥生が結婚してくれるまで」

握った手を動かし、少しなにかを考えていたようだが、彼はおとなしく手を離して伯父夫婦に頭を下げ、自分の車に乗りこんだ。

……伯父夫婦がいなかったら……、強烈な別れのキスでもされていたに違いない。

走り去る英隆の車を見送っていると、弥生の横に立った玲子に肘でつつかれた。

「情熱的な人だね。『全力で弥生さんを愛します』だって。一年放置した人とは思えない」

「そ、そうだね……」

情熱的すぎて、弥生も驚いてしまう。幼いころから追い求めていた女性とまで言われてしまうと、ずっと心に決めていた女性と言われている気持ちになる。

(理想の女性。っていう意味?)

そうするとよけいにわからない。会ってみて弥生に惹かれたというのならわかりやすいのに、なぜ彼はあんな言いかたをしたのだろう。

ちょっと気になったものの、考えこむには至らなかった。

玲子が仕込みの続きをすると家に向かい、弥生も手伝うことにしてあとを追ったのである。

家に入る際、陽平と目が合う。弥生はニコリと笑いかけた。

「ありがとう、伯父さん。伯父さんがいてくれて、わたし幸せだよ」

「お、おう」

戸惑う返事をした陽平だったが……、嬉しそうに笑って、涙腺と闘っていた。

＊＊＊＊＊

「……幼いころから追い求めていた女性……か……」

まぶしすぎる対向車のヘッドライトに片目を眇め、英隆は一人車を走らせる。

こうなったからには毎日弥生に連絡をしよう。時間があるなら毎日会いに行こう。店が休みなら絶対にデートに誘おう。

決意を胸にしながら、自分のセリフを思いだし、その迂闊さに自嘲する。

あんなことを言ってしまうなんて。弥生はおかしくは思わなかっただろうか。

話すにはまだタイミングが早すぎる。せめて、もう少し自分の気持ちが彼女に伝わって、彼女が心を許してくれたときに。

そのときに、話したい……。

弥生に救われた……自分の気持ちを……。

英隆の記憶の中で回りだすフィルムは、十四歳のときに起こった車の事故――。

久しぶりに両親と出かけ、湖畔の別荘で過ごして帰る途中だった。前方不注意のトラックに激突され、車は弾かれ回転してガードレールにぶつかり大破した。

後部座席にいた英隆にもなにがあったのかわからないくらいの衝撃だった。しかし痛みで意識が戻ったとき車のフロント部分が潰れて自分の目の前まで迫っていたのを見て、どういう状況に置かれているかを悟った。

両親はどうなったのだろう。二人は運転席と助手席にいた。しかし車のフロントは潰れている……。

あまりのことに頭が回らなかった。

ここから動かなくてはならないと思うのに身体が動かない。シートベルトが身体に喰いこんでいる。もしかしたら車は転がった拍子に縦になって道路に突き刺さったような形になっているのではないか。

英隆は吊り下がっているような体勢なのかもしれない。シートベルトを外そうと思っても腕が動かなかった。

そのとき、ボンッという大きな爆発音がして車が大きく揺れた。次の瞬間、車の外に炎が広がったのである。

視界が炎の色でいっぱいになる。このままではこの炎の中で自分は……。

──それでもいい……。

絶体絶命の状況の中、英隆は諦めの境地についた。

身体は動かない。声も出ない。よくわからないが、きっと全身傷だらけになっているだろう。

両親は……。おそらく……。

それなら……自分も──。

「おじいちゃん！」

炎の音に交じって、金切り声が聞こえた。朦朧(もうろう)とした英隆の意識の中に、女の子の声が入りこんだのだ。

「まって！　おじいちゃん……！　また弥生を、一人にしないで……！」

泣き声だった……。必死に叫ぶ声。

車のドアが開いた……ような気がする。あるいは壊されたのかもしれない。それとも、崩れたか……。

身体をすごい力で引っ張られ……。──気がつくと、炎の外にいた……。

「だいじょうぶ？　がんばろうね、がんばろうね」

女の子の声が聞こえる。目の前にいるようにも思うが、目がかすんでよく見えない。

たくさんのサイレンが聞こえだす。消防車や、救急車や……人の声も交じりだした。

どうやら自分は助かったらしい……。

父と母はどうなったのだろう。まぶたの裏に残る残像が、無事でいるはずがないと物語っている。

弱りきった身体に、怒りのようなものが湧き上がった。どうして助かったんだ……あのまま車の中にいれば、父と母と一緒に……。

「……おにいちゃん、がんばろうね……」

なぜだろう、この声を聞くと、怒りの炎が鎮火していく。周囲の雑多な物音が英隆の耳からも脳からも消えていく。

彼の耳は、見知らぬ少女の声だけを拾った。

「おじいちゃん、おにいちゃん、だいじょうぶ？」

「……じゃあ、弥生と同じだね……。でもだいじょうぶだよ、パパとママがいなくても、まいにち楽しいもん。きっと、おにいちゃんもそうだよ」

「おにいちゃん、だいじょうぶだよ。がんばろうね」

屈託ない、無垢(むく)な声音が全身に沁みわたる。

――そうだな……生きていても、いいかもしれない……。

「だいじょうぶだよ」

――ありがとう……。

「……クソジジイが……面倒な細工をしてくれる……」

高野がいたら「なにか？」と返事をされそうだが、彼のことではない。

事故の記憶をよみがえらせ、英隆は大きく息を吐きハンドルを握り直した。

離婚届が出されたことを知ってから、高野から〝第二の遺言〟を知らされた。弥生と縁がなくなった際は、伝えるようにと残されていたもの。

それが、あの事故で英隆を燃え盛る車内から救った〝恩人〟の話であり、遺言によって結ばれた結婚相手は、その孫娘であるという話だったのだ。

事故と両親の死で、自分も死を受け入れようとした英隆に、生きる光を与えてくれた少女だ。

　そのおかげで、今の自分がある。

　弥生と夜を過ごした日、フランベの炎で彼女が炎恐怖症だと知った。理由を聞いてもしやとは思ったが、まさかそんな偶然があるはずがないと深くは聞かなかった。

　あの日、英隆の心を懐柔した弥生があのときの少女であると知って、どれだけ奮然としたか。

「……出会えたんだ……やっと……」

　英隆の口元に笑みが浮かぶ。

「俺の妻は、おまえだけだ……」

　考えれば考えるほど、日に日に弥生への想いは募る。

　そして、わりと本気で、遺言の真相に気づこうともしていなかった一年前の自分を、殴り倒してやりたいと思うのである……。

第五章　炎で結ばれる想い

「本日も、いらっしゃいませ」

「本日も、いらっしゃいました」

言ってしまってから、なんとなく皮肉っぽいかなと焦った。しかしそんな弥生の言葉をものともせず、英隆はアッサリと返してくる。

内心ホッとしつつ、弥生は厨房から次々に出てくるお弁当のパックを袋に入れカウンターに置く。

「ステーキ弁当社長さん用二個、通常パック五個、焼き肉弁当三個、日替わり弁当二個、レディースセット和風が三個、洋風が三個。以上で間違いございませんか?」

それに返してきたのは英隆のかたわらに控えていた高野である。彼は「はい」とおだやかに返事をして、白い封筒を代金受渡し用のトレイに置いた。

「ちょうどかと思いますが、ご確認ください」

「はい、失礼します」

とはいうものの、いつも消費税分までキッチリ入れて支払ってくれるので確認するまでもない。

それでも一応確認して「はい確かに」と返事をすると、やっと高野がカウンターからお弁当が入った袋を取る。先に店を出て、店の前に停めている車に積みこんだ。

「毎日……ありがとうございます」

それしか言葉がない。英隆が会議用のお弁当を注文してくれた翌週から今日まで十日間、毎日お昼のお弁当の注文が入る。

英隆はもちろん、周囲の社員、高野や秘書課の女性社員が注文をくれているらしく、日に日に個数が増えているのだ。

社長が声をかけたから社員が無理をしているのでは、と考えもしたが、取りまとめは高野がしているらしく、「社長の」とは一切言わず「知人のお弁当屋さんなんだけど、興味があったら言って」とメニュー表を置いてくれたらしい。

高野から言わなくても「明日もお弁当いいですか」と声がかかるらしいので、嬉しい限りだ。

メニュー表を置く提案をしてくれたのが英隆だ。注文してくれるほとんどがリピーターで、日に日に注文数が増えていく。やはり感謝しかない。

「おまけに取りに来ていただいて……。うち、デリバリー対応じゃないから。すみません、お忙しいのに。でも、お弁当を取りにくるのはわざわざ英隆さんじゃなくても……」

「そんなこと気にするな」

カウンターに片腕を置き、英隆は申し訳なさそうにする弥生を覗きこむ。

「弁当を取りにくれば、弥生に会える。出先にいたって駆けつけるさ」

「英隆さん……」

「仕事は完璧にこなしてから来ている。心配はするな。こうして弥生の顔を見れば午後からの仕事にも張りが出る。無理はしていない」

「はい」

英隆の眼差しが甘ったるく弥生を包む。ほわっと頬があたたかくなって彼を見つめ返すが、背後の厨房には伯父夫婦がいるのを思いだして急に恥ずかしくなった。

「で、でも、英隆さん、毎日ステーキ弁当二個も食べて、よく大丈夫ですねっ」

ステーキ弁当社長さん用、は肉も多めでご飯にはステーキ用のソースがかかっている特別製だ。それが連日二個注文される。

「午後からの活力。弥生の手から渡されたのかと思うとむちゃくちゃ仕事が捗る。夜まで滾るから弥生に会えない日は大変で……」

「伯父さんのソース大好きですもんねぇ！　もー、ご飯にまでお肉のソースかけて食べるとか、子どもですかっ！」

　意味深すぎるセリフに焦って、弥生はわざと大きな声を出す。

（伯父さんたちに聞こえてヘンな誤解をされたらどうするの！）

　……夜の食事などに誘われた日は、結局そういうことをしてしまっているので〝誤解〟ではないのだが……。

「伊集院さん、ありがとう！　今日はフライドガーリック多めだよ！」

「まいど様～。今日は十五時でお店終わりですよ～」

　受け渡し用の窓から陽平と玲子が顔を覗かせる。ついでに、英隆には嬉しい情報を提供した。

「本当ですか、じゃあ、ガーリックパワーで仕事を片づけて、夜には弥生さんを迎えにきます」

「えっ、ちょ……！」

　早速今日の予定を決められてしまった。さらに情報提供は続く。

「次の土曜日曜は、お店がお休みです」

それは今初めて聞いた……。しかし口出しする前に、弥生の胸にはもしやの予感が満ちる。それを確定づけるように、カウンターから身を乗り出した英隆に両手を握られた。

「よし、土曜は朝からデートだ！」

……予感的中……。

あの日、プロポーズの返事をもらえるまで店に顔を出したり弥生を誘ったりする、と伯父夫婦の前で宣言した英隆。

弥生にも連絡をすると言っていたが、その頻度は毎日だった。

お弁当の受け渡しでほぼ毎日顔を見せにくるし、さらに電話やメッセージもかかさない。おまけに彼の仕事の都合がつく限り、夜の食事に誘われる。

そうして会った日には、必ずと言っていいほど肌を重ねてしまう。毎回甘く蕩かされ、恍惚の余韻で結婚にOKしてしまうのではないかというくらいとろとろにされてしまうのである。

結婚にOK……は、もうしてしまってもいいような……。けれど、英隆に心を持っていかれている自分を感じてはいても、すぐにOKできない自分もいる。

毎日弥生の顔を見るためにお弁当の受け取りにきて、夜のデートに出ても日付が変わる前には必ず家に送り届けてくれる。陽平や玲子と顔を合わせれば気さくに挨拶を交わし、好青年ぶりを発揮。

伯父夫婦にも英隆が本気なのは伝わっているだろう。弥生もいやがってはいないし、むしろデートをしてきた翌日はウキウキと機嫌がいい。

弥生が「結婚する」と言えば、二人は絶対に反対はしない。弥生の幸せをなにより考えてくれている人たちだからだ。

結婚してもいいと言えば、英隆はとんでもなく喜ぶだろう。

わかっているがなかなか言いだせないのは、自分から言ってもいいのだろうかという遠慮と、やはり離婚を切り出した本人としては自分からは言いだしにくいという、よけいな意地があったりもする。

あとは……なんとなく、常識的に考えてもうちょっと時間をかけた方がいいのではないかと、ストッパーがかかっているような気がする。

彼が誠心誠意謝ってくれたから、放っておかれた一年のことにはわだかまりはない。しかし、さすがに二度目の結婚となれば慎重になってしまう。

土曜日は朝からデートと言われ、買い物でも映画でも、弥生が行きたいところに行こうと提案してくれたが、ちょっと悩んでしまった。

一人では行きづらいけど、ちょっと行きたいな……と考え、弥生が選んだのは——。

「ひゃーっ、かぁわいいぃぃっ。ほら、英隆さんっ、かあわいいですねぇぇぇっ」

ふわふわもふもふの体は小さくて、白と茶色の模様がまたかわいい。黒くてまん丸い目が弥生を見てキョトンとしているのが堪らない。

動物園内にあるふれあい広場。足元に寄ってきたモルモットを抱っこして、弥生は上機嫌である。

「ねっ？　英隆さんもそう思うでしょっ」

そばに寄り添う英隆に笑顔で言えば、とても真面目な答えが返ってくる。

「俺は、弥生がかわいいと思う」

なんとなく予想ができた言葉でも、面と向かって言われてしまうと最高に照れる。それをごまかそうと、弥生はモルモットを高速で撫でた。

「なに言ってんですかぁ、かわいいですよぉっ。ん～～～かわいいぃぃ～～～～」

照れ隠しじゃなくても本当にかわいい。抱っこしていると擦り寄ってきて、弥生が着ているパーカーワンピースの胸元の紐をかじかじする。

「でもコイツ、なんだか俺を睨んでないか？」

「そんなことあるわけがないじゃないですかぁ。こんなかわいい子がっ」

「い、いや、睨んでるって。弥生の肩を抱こうとしたら……ほらっ、また睨んだ」

「気のせいですよぉ～～」

「気のせいじゃないっ。そうか、コイツ、オスだなっ」

モルモットにやきもちを焼く英隆がちょっとかわいく感じて、弥生はクスッと笑ってしまった。モルモットの顔が英隆のほうを向かないように抱き直し、からかうように彼の顔を覗きこむ。

「天下のＩＪＩ商事の社長様が、こんな小動物にやきもちですか？」

ちょっとムキになってくれたら弥生もしてやったりと思えたのだが、英隆は涼しい顔でチュッと弥生の唇にキスをしたのである。

「すっごくやきもち焼いてる。弥生に抱っこされて羨ましいって」

ぽわぁっと顔が熱くなってくるが……。こういうことを、家族連れが多い土曜日の動物園で、それも彼のような目立つ男性がやってはいけない……。

「あー、ママぁ、あのおにーちゃん、おねーちゃんにチューしたよぉ！」

小さな女の子の声がしたかと思うと、一瞬周囲の視線を浴びた気がするが、すぐにその気配は消える。「いいから、そっち見ないでうさぎさん見ようね」と焦る母親の声。

顔が熱くなる弥生の手からモルモットを取り、なんでおまえが持つんだとばかりに暴れる小動物を地面に置くと、英隆は苦笑いをする。

「出るか。人が多くなってきた」

「はい」

これは従わざるをえない。二人で手を洗ってふれあい広場を出ると、英隆がハンカチを取り出し弥生の胸元を軽く払った。

モルモットの毛でもついていたのだろうか。かなり擦りついていた覚えはある。

「あの生意気な小動物……弥生の胸に擦り寄りやがって……ゆるせん」

「怒る理由、そこなんですか」

笑いながら言うと、英隆が手を止めまぶたをゆるめて目をそらす。なにか気になる言いかたをしてしまっただろうかと、ちょっとドキリとした。

「俺……大丈夫かな……、子どもができたら、弥生が子どもを抱っこしているだけでやきもち焼くんじゃないだろうか……」

「い、今から悩むことじゃないでしょうっ」

珍しく気弱な顔をするからなにかと思えば。子どもとか、なにを言いだすのだろう。

（子ども……って……）

なに言ってるんですかとも言えないまま、弥生は照れる自分を感じる。

彼と結婚すれば、いつかは……。

目の前を腹部がふくよかになった若い女性が通りすぎていく。つい、それを目で追ってしまった。

（……いつかは……あんなふうに……）

女性がぴたりと立ち止まる。いきなりこちらを振り向いたのでドキッとした。眉を吊り上げて、怒ったように見えたからだ。

もしや、ジッと見られていると悟っていやな気分になってしまったのだろうか。

女性はその表情のままつかつかとこちらへ歩いてくる。これは決定的だ。妊婦の中には神経が過敏になる人もいるというし、きっと不快だったのだろう。すぐに謝るしかない。

弥生がわたわたしているのを見て、英隆も同じ方向に視線を向ける。「あっ」と声を漏らしてすぐ、女性が英隆の横で立ち止まった。

「英隆？　なにしてるの、こんなところで」

声には少々棘（とげ）がある。ゆるやかなパーマがかかった長い髪をうしろでひとつにまとめ、メイクは控えめだが目鼻立ちがハッキリした女性だ。年の頃は二十代後半だろうか。もしかしたら英隆と同じくらいかもしれない。

彼が動物園にいるのが信じられないと言わんばかりの顔。それに対して英隆は困ったように口角を上げた。

「久しぶりだな。おまえこそ、なにをしてるんだ。一人で動物園か？」

「妹と姪っ子と一緒。運動がてら引っ張り出されたの。それより、アンタのほうが似合わないよ、動物園なんて。なにしてるの？」

「……見てのとおりだ」

彼女は弥生をチラッと見てから英隆に視線を戻す。吊り上げた眉の下でまぶたをゆるめ、大きなお腹の上で腕を組んだ。

「ふぅん……私をこんな目に遭わせておいて、自分はのうのうとデートってわけ？」

「人聞きの悪い……」

「なにがよ？　あなたのせいじゃないの」

「だから、その件に関しては高野が……」

「一番悪いのは英隆でしょう？　いい加減認めなさいよ！」

（な、なにっ？　修羅場ですかっ？）

弥生は目を白黒させる。なにがどうしてどうなっているのか、さっぱりわからない。

とっさに感じたのは、まるで痴情のもつれからくる修羅場のようだということ。というより、そのものではないだろうか。

ハアッとため息をついた英隆は、弥生を見て苦笑いをする。

「すまない、ちょっと話をしてくるから……」

彼は珍しく困った様子だ。ここで弥生が「この女性は誰ですか？」と聞いてしまえば、ドラマでよく見るような修羅場というものになってしまうのだろう。

家族連れの多いのどかな動物園で、修羅場はいただけない……。

「あ、じゃあ、わたし、あっちの出入口の近くにあった売店のブースにいます。座るところがあったし、自販機でジュースでも買って待ってますから、ごゆっくり」

果たして弥生が立ち去る必要があったのかどうかは謎だが、いないほうがいいのは確かだろう。

ごゆっくり。……は、いらなかったかもしれない……。

すぐ終わるから、と言う英隆に手を振り、女性に小さく会釈をして弥生はその場を離れる。背後が気になりつつも振り向くことはできない。

二人がどんな雰囲気でいるのか、見るのが怖かった……。

もしかして弥生が立ち去ったとたんに仲よさげに笑い合っていたりしたら、ちょっと心が痛い。

「誰なんだろう……」

疑問を呟く口と思考は別物だ。頭の中では想像がどんどん膨らんでいる。

とても親しげで英隆と対等に言い合う彼女は……昔の恋人……とか、大人の関係にあった女性、とか、ではないだろうか……。

――私をこんな目に遭わせておいて。

あれは、妊娠させておいて、という意味だろうか。そうとしか聞こえなかったし見えなかった。だとすれば英隆は、そういった関係になった女性を孕ませておきながら、弥生にプロポーズしてきたということになる。

(でも……まさか、そんな……、そんな、不誠実な……)

動揺する心のまま、弥生は知らず速足になる。そのせいか思ったより早く目的の売店についてしまった。

小さなゲートに近い売店は人の姿がなく、にぎやかな園内から切り離されたようだ。それでも正面入口から駐車場へ行くよりはこちらのほうが近いし混雑しないので、それなりに出入りはあるのだろう。

自販機の前に立ち、弥生はぼんやりと考える。

なぜ、考えなかったのだろう。英隆に恋人や大人の関係にある女性がいる可能性を。

結婚したことさえ気にしていなかった人だ。そのあいだ、そういった女性がいたとしても不思議じゃない。

いや、彼は弥生の不貞を疑った。自分も不貞を働いていたとしたら、それがバレる可能性だってあるのだから不貞なら慰謝料を……なんて言えるだろうか。

それとも、自分もやっていたから、弥生も男を作っていたと考えて言ったのだろうか。

相手が妊娠したから、逃げるために弥生に復縁を迫った、とか……。

考えれば考えるほど英隆がひどい男になっていく。目の前であんな状態の女性を見てしまえば、モヤモヤした気持ちにしかならない。

コインを入れて、選びきれないうちに指がボタンを押してしまう。あっ、と思ったときには遅く、なにを押してしまったのかわからないままガコンと商品が落ちる音がした。

「……違う……そんな人じゃない……」

言葉が自然と口をついて出た。

そんな人じゃない……。

英隆を信じたい自分が、弥生の中で彼を擁護している。

(英隆さん……)

彼に初めて会った直後の弥生なら、こんなに悩まず、英隆だってこの一年で不貞を働いて子どもまで作っていたと結論づけていただろう。

今は、思えない。彼と一緒にいて、彼に触れて、話をして、そうしているうちに彼が心から弥生を大切にしようとしてくれているのが伝わってくるようになった。

心から、放置していた一年間を悔やんでいるのが伝わってきている。

それなら……あの女性は……。

ぼんやりしているうちに、取り出し口に男の手が伸びて缶を取ったのが見えた。英隆が来たのかと顔を上げて振り向き、……表情が固まる。

「もったいないな……飲まないの……？」

缶を顔の高さに掲げて立っていたのは……、坂口だ。頬がこけ、ぼさぼさの髪に無精ひげだらけのだらしなさが以前の面影を消しにかかっている。

「飲まないならもらうね。迷惑料としては全然足りないけど」

押してしまったのはココアだったようだ。坂口は缶の口を開けると顔を真上にして一気にあおり飲んでいく。

十日前に会ったときより痩せて角張った顎が大きく動き、薄い皮膚から飛び出した喉仏が単独の生き物のようにごきゅごきゅと上下する。その異様な動きの下に見えるワイシャツは薄汚れ、スーツだったはずのものは擦り切れシワくちゃでボロ布にしか見えない。

どこかうすら寒いものを感じ靴裏を滑らせて後退するが、背中が軽く自販機に当たり身体が震えた。

「あぁ～～、美味い、うまいなぁ～～、ココアってこんなにうまかったっけか……」

落ちくぼんだ目を缶に向け、じぃっと眺めてから片方の眉を大きく上げて自嘲する。

「……まさか……こんなもんを……美味いなんて感じるようになるとはな……」

ココアの缶がベコッと音をたてて潰れる。坂口としてはもう少し派手にグシャアッと握り潰したいところだったのかもしれないが、スチール缶だったせいか、それとも握力が低下しているのか、わずかにへこんだだけだった。

坂口はその缶を思いきり足もとに叩きつけた。

「落ちぶれたもんだぜ！　まったくよぉ‼」

（逃げなきゃ！）

缶が跳ね上がったのと同時に急上昇する危機感。自販機に背中を擦りながら横に移動し、走りだそうとした弥生に坂口が背後から両腕を回した。

「放しっ……ぐっ……ぅっ！」

とっさに叫んで腕を振り払おうとしたが、片腕が顔に回って鼻と口をふさぐ。かろうじて息はできるが、坂口から漂う埃っぽい饐(す)えた臭いに吐き気がして上手く息ができず口も開かない。

「おまえのせいなんだよ！　全部……ぜんぶおまえのぉ……！」

おかしな抑揚で声を荒らげ、坂口は弥生を拘束したまま勢いよく歩きだす。そこに踏みとどまろうとする足と引っ張られる身体。引きずられるのを感じながらも、弥生は離れようと足を動かし坂口の腕を外そうとする。

「ああ、うるせえな‼」

顔に巻きついた腕に力が入り、より強く顔半分が押さえつけられた。耳の下に圧がかかり激痛が走る。反射的に身体が震えた次の瞬間、力が抜けた。

それをいいことにぐいぐい引っ張られ、引きずられる足から片方靴が脱げる。デニール数の高いタイツを穿いていても、コンクリートに引きずられては足が痛い。

なんとか擦らないように足を動かすが、それは抵抗にはならず坂口の移動を助けるように歩を刻んだ。

そうしているうちに腕が離れ突き飛ばされる。その拍子にもう片方の靴も脱げ、身体が落ちたのは車の後部座席だった。広さから軽自動車だとわかる。

よろける身体を起き上がらせたときには、坂口が運転席に乗りこみ車は走りだしていた。

やっと息苦しさから解放されたものの軽い眩暈（めまい）がする。押さえつけられていた顎や首が痛くて、呼吸が整ってくると引きずられた足がジンジンした。

「坂口さっ……降ろしっ……」

声が掠れる。喉の不快感にしばし咳きこみ、顔を上げると窓の外に建物はなく雑木林や野原が広がっていた。

どこへ連れていかれるのだろう。英隆に連絡できないかとバッグを探したが手元にない。引きずられたときに落としたのかもしれない。スマホはあの中に入っていた。

「降ろしてください……！　どうしてこんなこと……、どこに行くんですか！」

坂口は答えない。黙って前を向いている。英隆の話から、坂口が店や弥生を利用しようとしていたことはわかっている。それが上手くいかなくて繋がりのあった反社の人間に追われる身になった。

――おまえのせいなんだよ！　全部……ぜんぶおまえのぉ……！

今の姿や先程の言葉を聞けば、彼が極限まで追い詰められているのがわかる。このままでいてただで済むはずがない。

弥生は左右のドアを交互に見る。ロックはされていない。信号かなにかで止まった隙に飛び出してしまえば……。

半分身を伏せたままゆっくりとドアに身を寄せる。車が急停止して身体が大きく揺れたが、これはチャンスだ。弥生は素早く起き上がりドアに手をかけた。

……が、ワンピースのフードを思いきり引っ張られて首が絞まり、身体がドアから引き離されてしまったのだ。

「駄目だよ……逃げようなんて……！　おまえはここで……オレと死ぬんだ……」

「なに言っ……」

「もう先がない、全部おまえのせいだ……！　おまえも道連れだ！」

怒鳴っているのか泣いているのかわからない声だった。しかし坂口が身を崩したのは弥生のせいではない。自業自得だ。

今の彼ではそれもわからないだろう。悲惨な状況を弥生のせいにして、自分は被害者なのだと思いこむことでやっと息ができているようにも思える。

「や……め……」

フードをさらに強く引っ張られ、布が首に喰いこむ。運転席と助手席のあいだに頭が挟まりかけ、もがいた身体が後部座席の狭い空間にはまった。

「一緒に死のう……！　いっしょに……！」

フードが放されスッと呼吸が楽になる。足りなかった酸素を口と鼻で補給しながら頭を戻すが、思考は動かず身体はただ呼吸をすることに集中した。

坂口が車を飛び出していく。助手席からなにかを降ろしたかと思うと、バシャ、バシャ、と液体を振りまく音が聞こえだした。

とたんに漂いだす異臭。——ガソリンの臭いだ。

ゾワワッと足元から這い上がる恐怖。座席の隙間から抜け出したその瞬間……。

窓の外で、大きな炎が上がった。

＊＊＊＊＊

「とにかく、あとはおまえたちで話し合え！　それと、俺のほうはもう大丈夫だから、いい加減嫁に付き添ってやれ！　顔を見れば文句ばかり言われていい迷惑だ！　今日は弥生もいたっていうのに、本当におまえの嫁は遠慮がなくて困る！　わかったな、高野！」

高野に電話を入れながら歩を進め、英隆は珍しく……我ながら珍しく、愚痴っぽいなと感じていた。

いつもは高野の妻にどんなに嫌みを言われようと平気でスルーできていたのに、なぜか今日は焦る気持ちが動いて宥める行動に出てしまった。

わかっている。弥生がそばにいたからだ。

デート中に見知らぬ女が親しげに声をかけてくるなんて、弥生が驚かないはずがない。

それも妊婦で、あの言葉の数々。あれはいただけない。非常によろしくない。弥生に「誤解してください」と言っているようなものではないだろうか。

とにかく、弥生にはすぐに説明をしなければ。

焦り、愚痴っぽくなる英隆を、高野も電話の向こうで珍しく思ったのだろう。少々トーンが高い声を出した。

『とはおっしゃられましても、妻が社長に対して遠慮がないのは幼なじみゆえの気軽さで、今に始まったことではございませんよ？　どうされました？　今日はまた、ずいぶんと人間っぽい反応をされる』

かすかに楽しげな笑い声まで聞こえる。

（こいつ……楽しんでるな……）

わかっている。高野は楽しい……いや、嬉しいのだ。

弥生と関わるようになって、彼女の素性を知って女性というものに心から興味を持ち、弥生に惹かれずにはいられなくなっている英隆が普通に焦り、普通に嫉妬し、弥生の気を引こうと懸命になる姿を見るのが、高野はとても嬉しいのだ。

生まれたころからの英隆を知っている高野は、両親を失う事故で英隆がどれだけ沈鬱になったかを知っている。

しかし悲しみに負けていては、両親を失った年若い彼を利用しようとする狡猾な大人たちには勝てない。

毅然と振る舞い、次第に祖父と高野以外の人間を信用しなくなった。

長年、そうやって生きてきた。これからもそうだと思っていたのに……。

そんな彼を懐柔したのが、弥生だったのである。

弥生が絡むと、英隆は感情で動く。自分に素直になる。

高野は、それが嬉しい……。

「……俺は……大丈夫だ。だから高野、休暇を取ってくれ。本当は……先月には取るはずだったんだ……」

『ええ、ですが、取れませんでした……』

――弥生から連絡が入ったからだ。

放っておいた妻が、離婚を申し立てた。高野は祖父から第二の遺言を預かっていた者として、事の成り行きを見守らなくてはならなかった。

高野の妻は英隆にとって三つ年上の幼なじみだ。昔から英隆にズケズケものが言える唯一の女性だった。

気が強く遠慮のない女性だが夫にベタ惚れで、高野には仔猫のごとく懐いている。

出産も近いのに最愛の夫がまだ休暇に入れない。その原因が英隆なのだとわかっていれば、顔を見るたび突っかかってくるのも無理はないのだが……。

「とにかく……、本当に、もう大丈夫だ。心配するな。……弥生は、絶対に離さない」

『頼もしいお言葉。嬉しく思います』

感慨深げな高野の声を耳に入れつつ目的の場所に近づいた英隆だったが、おかしなことに気づく。

彼女は近くの売店のブースにいると言った。しかしそこに人の姿はなく、もちろん弥生もいない。

自販機から少し離れた場所に靴が落ちていた。片方だけ無造作に放り投げた形で落ちている。ワンピースに合わせたグレージュにリボンがついたパンプスは弥生が履いていたものだ。

それを拾い上げ、英隆は周囲を見回す。出入り口の近くに弥生が持っていたものと同じバッグが落ちている。中を見ると彼女のスマホが入っていた。

ざらりとしたいやな予感が湧き上がる。衝動のままにゲートの外に飛び出した英隆の目に入ったのは、近くの車道に横づけされている軽自動車。運転席に乗りこむ男の顔。

（……あの男……）

かなりくたびれてはいるが、弥生を食いものにしようとした坂口という男だ。走りだした車のあとには、弥生の靴のもう片方が落ちている。

「クソッ！　あいつ……！」

踵を返し、英隆は駐車場へと走りだす。なにか異常を感じたのだろう『社長？』と高野から確認が入った。

「高野、弁護士に連絡を取れ。あと警察に通報を。俺の妻が誘拐された」

『それは命知らずな……。承知いたしました。すぐに』

「この件が片づいたら、すぐに休暇を取らせてやる。無理やりにでも取らせるからと、おまえの嫁に言っておけ」

『言ってしまって大丈夫ですか？』

「問題ない。……言っただろう。俺は、弥生を離す気はない」

『確と、承知いたしました』

ちょうど車に乗りこんだところで通話を終える。タイヤを鳴らして発進した英隆は、車通りのない細い道に出て軽自動車を追った。

直線メインの道路だ。無理やり雑木林に突っこんでいかない限り、すぐに追いつけるだろう。

まさかこんなところに現れるとは。あれから表立った動きはなかったので、追っていたやつらに捕まったのではないかと思っていた。

たとえ無事でも、弥生に手出しはできないとわかっただろうから、周囲をうろつくことはないと踏んでいたのに。

「おとなしく地方にでも身を隠していればいいものを……」

直線道路のはるか向こうに、軽自動車が見える。アクセルを踏みこみ、英隆はその姿を見失わないよう凝視した。

「弥生……」

車を体当たりさせてでも止めてやる。その勢いでアクセルを踏む。しかし前方を走る車はいきなり左折した。

「なんだ……どこへ行く……」

どうやら工事現場の跡地らしく、砂利を敷き詰めた空き地が見えはじめた。広い敷地内には鉄くずや錆(さ)びた工事中の看板が放置されている。

その中央に停められた軽自動車から、坂口が飛び出してくる。助手席からなにかを取り、車のフロントや周囲に液体をまき散らした。

「なにをやってるんだ……」

気持ちの悪い不安ばかりが湧き上がってきてイラつきが止まらない。英隆の車が空き地に入った瞬間、軽自動車の周囲で炎が上がった。

「なっ……！」

驚きに短い声が出る。ブレーキを踏んですぐ運転席から飛び出し走りだした。ガソリンが燃えるいやな臭いが鼻をついた。

その臭いは、英隆に昔の事故を思い起こさせる。

あのときも、こんな臭いでいっぱいだった。この中で、大切な両親が消えていった。

――大切な人が……。

後部座席に弥生の姿が見えたが、すぐ上がる炎に隠される。ギリッと奥歯を噛みしめ、英隆は走りながら叫んだ。

「弥生‼　俺を一人にするな！」

フロントから炎が回り、後部座席の片方のドアを包んでいる。もう片方にも炎が走ってきた瞬間、英隆がドアに手をかけた。

「弥生‼」

＊＊＊＊＊

フロントで高く上がった炎に、身体が動かなくなった。

幼いころの記憶がよみがえる。

――風に吹かれて、舞い上がる炎。

――無情に燃えつづける車。

――炎に向かって走っていく祖父……。

――まって！　おじいちゃん……！　また弥生を、一人にしないで……！

震えながら泣き叫ぶ……幼い自分。

怖かった。炎も怖かったし事故も怖かったけれど、それよりも怖かったのは、もしここで祖父が死んでしまったら、自分はまた一人になってしまうという寂しさだった。

（もしここで、わたしが焼け死んだら……）

誰も一人にはならない。伯父夫婦も、英隆も……。誰も……寂しくはない。

「わたしは……」

声が出ていたかはわからない。ただ口が動いていただけかもしれない。

けれど弥生は、それを自分の口から出したかった。

「……英隆さんがいないと……寂しい……」

……もっと早くに……ちゃんと彼に伝えればよかったのに……。

「弥生‼　俺を一人にするな！」

そんなことを考えているから、幻聴が聞こえる。炎は片方の側面を回り、間もなく全体を包むだろう。

勢いよくドアが開いた。それとも崩れたのか。確認する前にすごい力で腕を引っ張られたのだ。

「弥生！」

身体を摑まれ、車から引っ張り出される。まるで人形のように浮いた脚。車を離れる瞬間、その足先に回ってきた炎の熱気を感じた。

広い胸に抱きこまれ車から離される。その身体が崩れると、弥生も一緒に砂利の上に膝をついた。

「……大丈夫か……弥生……」

息を切らしながら弥生を抱きしめ、何度も何度も抱き直して彼女の存在を感じようとするのは……英隆だ。

「英隆さ……」

「よかった……間に合ってよかった……。怖かっただろう……」

抱きしめる広い胸が大きく上下している。どれだけ懸命になってくれたのだろう。どれだけ、助けたい一心で飛びこんでくれたのだろう。

「……ひで……たかさん……」

涙が浮かんだ。顔を上げると、英隆が弥生を見つめて微笑んでいる。

砂利に座りこんだ彼は、投げ出した両脚のあいだに弥生を入れて、全身で庇うように抱きしめてくれていた。

涙が頬を伝っていく。嬉しくて、申し訳なくて、なにより、愛しさの増殖スピードがものすごい。

「あり……がとう……、助けてくれて……」

英隆に抱きつけば、抱き返して髪を撫でてくれる。優しくされると心が弱くなって涙がぽろぽろ流れた。

「駄目だ……弥生、俺を一人にするな……」

囁くように言いながら、英隆は何度も弥生に頬擦りをする。

「俺は……父と母と一緒に死んでもいいと思ったときにおまえの祖父に助けられて、おまえが『がんばろうね』と言ってくれたから……。だから俺は頑張って生きてきたんだ。おまえがいなくなったら、俺は一人になる……」

ほんの数秒、なにを言われたのかわからなかった。わからないまま、脳裏で記憶のフィルムが高速で逆回転する。

思いだすのは、六歳のとき、祖父が事故で炎上した車に飛びこんでいったときのこと。弥生が炎恐怖症になった原因だ。

祖父は、車の中から少年を一人助け出した。傷だらけで、目もまともに開かない。薄く開いても見えていたかはわからないくらいで。

死んでしまうのではないかと怖くなった祖父が戻ってきたのが嬉しくて、目の前の事故が怖くて、でも泣いてばかりいたら祖父が心配するから、弥生は明るく振る舞った。

祖父が頑張って助けた少年を、自分も頑張って元気にしてあげよう。そう思って、一生懸命話しかけた。

――だいじょうぶだよ。がんばろうね。

あの少年は……。

弥生はゆっくりと顔を上げる。英隆と視線が絡まり……。思い出の中にいる少年が、英隆に重なる。

「……あのときの……〝おにいちゃん〟……」

英隆がにこりと笑う。初めて見る、ちょっと少年っぽいはにかんだ笑顔だった。

「本当に……」

英隆の祖父は、恩人の孫娘と結婚することを遺言に残したという。

恩人。その意味が、これで繋がる。

弥生の祖父は、どんな気持ちで孫同士を結婚させることを決めたのだろう。英隆なら、弥生を幸せにできると、そう思ったのだろうか。

そうしているうち、入り混じったサイレンの音が聞こえてくる。空き地にパトカーや救急車、消防車が入ってきて、素早く車の炎上が食い止められた。

元凶となった坂口はといえば……。一緒に死ぬと大きなことを言ったものの、燃え上がる炎にすっかり腰を抜かして動けなくなっているところを、警察に確保されたのである。

英隆が警察から弁護士の手配までを高野に指示してくれていたおかげで、そのあとはとてもスムーズに進んだ。

弥生はすぐに病院へ行くことになったが、どちらかといえば英隆のほうが心配だ。炎が回る一歩手前だったとはいえ、炎上する車の中から弥生を助け出してくれた。その精神的な疲労たるや、かなりのものだろう。

引きずられたりフードを引かれて首が絞まったりもしたが、踵に少々擦り傷ができた程度で済んだのは幸いである。

病院で警察や弁護士と話をして、夕方には英隆のマンションへ一緒に帰った。

マンションのエントランスでは、高野が二人の帰りを待っていてくれた。

動物園で会ったお腹の大きな彼女が高野の妻で、さらに英隆の幼なじみであると知り、彼を疑ってぐるぐるしてしまった自分が恥ずかしい。

高野は妻の出産の関係で休暇に入る。その前に伝えるべきことがあるからと話をしにきたのだ。

「まずこちらを、奥様にお返ししなくてはなりません」

英隆の部屋で、リビングのソファの前に置かれたローテーブルに、高野は黒いフラットポーチを置いた。

とても見覚えがある。これは、結納金や生活費が振り込まれていた英隆名義の通帳やカードが入ったポーチだ。確認のために抱かれたあとで、弥生がホテルの部屋に残してきた。

「ですがそれは……必要ないからお返ししたもので……」

英隆と並んでソファに座り、弥生は首を横に振りながら両手を身体の前で立てる。高野は二人の前に立ったまま話を進めた。

「いいえ。それは奥様にお受け取りいただかなければならないものです。結納金と銘打ってはおりますが、そのお金は奥様のご尊父様、守田様が奥様に残されたものですから」

「え……！」

思わず声が出た。結納金とされていたのはとんでもない大金だ。祖父にそんな蓄えがあったとは思えないし、あったとしてもそれをこんな形で残したのはなぜなのだろう。

「正確に言えば、守田様の手に渡るはずだったものが保留にされていたのです。これは、事故に遭った車の中から社長を救ってくださった守田様への謝礼として、渡されるはずでした」

弥生は隣に座る英隆を見る。視線を合わせた彼は、軽く唇を微笑ませた。

「高野は、若いころから祖父の秘書で、信頼を置かれていた。弥生の祖父と俺の祖父が約束を交わすときも、俺の祖父が遺言を残すときも立ち会っている。そのうえで、第二の遺言を託された」

「第二の遺言？」

「遺言に従って俺と弥生が結婚したあと、上手くいかなくて離婚に至ったとき、考え直す手段として残されていた遺言だ。それが……〝恩人〟という言葉の種明かしだった。……俺は、最初から〝恩人〟という言葉をよく考えるべきだった」

「英隆さんは、それをいつ知ったんですか？」

「弥生に離婚届を出された直後、高野から聞かされて、祖父の手紙を受け取った。まったく……回りくどいことをしてくれる。あのクソジ……」

英隆の口から出てはいけないような言葉が出そうになったとき……。

「なにか？　社長」

「だからおまえのことじゃないと言うのに！」

にこやかに高野が口を挟み、英隆が強めに否定をしたあとハァッとため息をついて片手で顔を押さえる。弥生はおそるおそる尋ねた。

「あの……英隆さん……、わたしが、恩人の孫娘だから……結婚したいって、思って会いにきてくれたんですか……？」

「それは違う！」

英隆が勢いよく顔を上げ弥生の両肩を摑む。身体を彼のほうへ向けられ、真摯な双眸に圧倒された。

「もちろんそれもあるけれど、それがなくても、俺は弥生と結婚したいと心から思っている。……弥生と過ごした夜が俺の心も考えかたも変えてしまった。弥生に必要とされたい、弥生のそばにいたい、俺が守りたい、誰かに対して初めてそう思った。そのあとに第二の遺言を受け取って、絶対に離してはいけないんだという想いが確固たるものになった」

ほわっと、頰があたたかくなる。彼の眼差しは怖いくらいなのに、見つめられていることが心地いい。

そんな気持ちが、弥生に言葉を紡がせた。

「……わたしも……、英隆さんと一緒に過ごした夜が忘れられなくて……思った以上に優しかったこととか、疑われて悲しくなったこととか……レストランで庇ってくれたこととか……。全部が嬉しくて……どうしてこんなに引きずってしまうんだろうって……。だから、英隆さんがまた現れたとき……嬉しくてドキドキして……でも……」

「でも？」

「離婚をしてほしいって言いだしたのはわたしのほうだし……、それなのに……改めてプロポーズされてホイホイ喜ぶなんて……、それに慎重に考えすぎちゃって……」

「弥生！」

肩を摑んでいた手が身体に回り抱擁される。視線を上げると嬉しそうに微笑む彼がいて幸せな気持ちになった。

今にも唇が近づきそうになる……が。

パチパチパチと軽い拍手が聞こえ、二人きりではなかったことを思いだした。

「いやぁ、よろしいですね。実に素晴らしい」

笑顔で手を叩く高野。急に恥ずかしくなって英隆から離れようとするものの、彼の腕はガッチリと弥生を拘束して離れる気配がない。

「素晴らしいですよ。先代と守田様が望んだとおりになった」

叩いていた手を握り合わせ、高野は微笑ましげに二人を見る。

「守田様は、謝礼をお受け取りにならず、奥様がしかるべき年齢になったときに本人に渡してあげてほしいとご希望されました。幼くして両親を亡くした孫娘に、ご自分はなにもしてやれないしなにも残してやれないからと。お金があれば幸せだということではないが、ないより、あるに越したことはありません。孫を思う守田様の気持ちが、先代の気持ちと一致したのでしょう、先代は、お互いの孫同士の結婚をご提案されたのです」

高野は英隆に目を向ける。その目が、かすかに愁いを帯びた。

「あの事故から、社長はがむしゃらに頑張っていらっしゃいました。十代の少年が背負うものではないというくらい、世間が浴びせる重圧に耐えていらっしゃった。その精神力が、事故のときに生きる気力をくれた少女のおかげであると、私も先代も存じておりましたから、先代は、二人が結婚すれば必ずや幸せになれると考えたのです」

愁いが落ちた視線は、弥生へ向けられる。

「もちろん、守田様は驚いていらっしゃいました。謝礼を孫娘に譲りたいという話から、孫同士を結婚させようという話になったのですから。ですが、それもいいかもしれないとお思いになったようです。守田様ご自身が、親の恩師の娘と結婚を決められ、結婚式で初めて顔を合わせたけれど幸せな結婚生活だったそうです。出会いかたではなく、縁なのだと。こんな深い縁で結ばれている二人なら、きっと幸せになれるだろうと、……『弥生には、幸せになってほしいから』と、笑って涙を流していたお姿を、私は忘れることができません」

弥生が知りえなかった祖父の想い。聞いているだけで涙が浮かぶ。

ローテーブルから黒いポーチを取った高野は、それを両手で持って身をかがめ、弥生の前に差し出した。

受け取れというのだ。祖父の想いを。

英隆の腕がゆるみ、弥生は両手でそれを受け取る。手に取った瞬間、涙がボロボロこぼれた。

高野は背筋を伸ばすと英隆に向き直る。ゆっくりと頭を下げた。

「私の役目は終わりました。産休育休期間に入らせていただきます」

「生まれたら、すぐに連絡をくれ。弥生と一緒にすっ飛んでいく」

「光栄です」

高野が立ち去る気配を感じて、弥生は急いで立ち上がった。

「高野さん……！　いろいろ、ありがとうございます……！　わたし、もう絶対に英隆さんと離れません！　それと、奥様に、わたしのせいで旦那さんの休暇を遅らせてごめんなさいって……生まれたら赤ちゃん抱っこさせてくださいって……伝えておいてください！　本当に、ありがとうございました！」

言いたいことを一気に言って頭を下げる。顔を上げると、くすぐったそうな笑顔が弥生に向けられていた。

「信じております、奥様。ありがとうございます。妻にも伝えますよ、喜びます」

高野が出ていくと、英隆が立ち上がり背中から弥生を抱きしめる。

「……高野さん……離婚届を出したあとも、ずっと『奥様』って呼んでくれてた……」

「考えようによっては、俺と弥生が結婚して幸せになることを一番願い続けていたのは高野かもしれない。俺の祖父や弥生の祖父、二人の想いをずっとかかえていたんだ……。それをやっと託すことができて……ホッとしているだろう」

「そうですね」

幸せに……ならなければいけないと、強く心に感じる。

祖父たちが願い、高野がその想いを守り引き継いだもの。そして、大切な伯父夫婦が心から願ってくれているもの。

「幸せに……なれるかな……」

ぽそっと呟くと、背中から回っている腕に力が入る。耳元に英隆の唇を感じてドキリとした。

「ところで……弥生」

「はい……？」

「俺、プロポーズの返事、もらってない」

「はい？」

ちょっと不可解な声が出てしまった。感慨深く、しみじみとした雰囲気にドキドキしていたというのに。

てっきり、幸せになれるかと呟いた弥生に返事をしてくれるものだと思っていた。

「英隆さん……今までの雰囲気でわかるでしょう……」

「わからん。弥生の口から聞きたい」

これは……。わかってるけど直接言ってほしいというやつだろうか。

我が儘だな……と感じつつも、決していやではない。それどころか「言ってほしい」と拗ねているようでかわいい。

弥生はすぅっと息を吸って口を開きかける。と……英隆の腕がいきなり離れた。

「ストップっ、ちょっと待て、弥生っ」

なにかと思えばキッチンへ飛びこんでいく。すぐに出てきた彼の手には、かわいらしい花束が握られていた。

弥生の前に立ち、英隆が花束を差し出す。

「これを受け取ってくれ。それから返事が欲しい。——弥生、結婚してくれるか？」

どうせプロポーズをやり直すなら花束を渡して……なんてロマンチックなことを考えてくれたのだろうか。

ちょっとくすぐったくなりつつ、弥生は笑顔で受け取る。

「はい。英隆さんの奥さんにしてください」

こんな返事でよかっただろうか。言ったあとで照れてきた。

「やったぁ！　大成功だ！」

嬉しそうに声をあげ、英隆は弥生を姫抱きにする。本当に嬉しそうな声を出すから弥生まで嬉しくなってきた。

「弥生、ありがとう、嬉しいよ」

「そんな、……わたしこそ嬉しいです……。ありがとう、英隆さん……。お花まで用意してくれて、これ、すごくかわいい」

ピンク系のとてもかわいらしい花束だ。バラにガーベラ、トルコキキョウ、カーネーションにレースフラワー。ラッピングペーパーでまとめられ、片手で持ってちょうどいい大きさになっている。

英隆がプロポーズに使うことを想像すると、なんとなく両手でも持ちきれないような花束を用意してしまうイメージと豪快さがある。

これはいい意味で予想外だ。弥生がクスリと笑うと、英隆が照れくさそうな顔をした。

「高野が教えてくれた花屋で買った……。その花屋で作ってもらった花束を持ってプロポーズをして受け取ってもらえれば、必ず成功する、ってジンクスがあるらしくて。今日は、動物園のあとでマンションに連れてくる予定だったし。そのときに渡そうって決めていたんだ」

「ジンクス……？」

身体の奥からむず痒いものが這い上がってくる。なんだろう、このかわいい話は。この人がそんなジンクスを信じて花を買ったなんて。

プロポーズをして受け取ってもらえれば成功する。それだから、英隆は弥生が返事をする前に花束を取りに行った……ということだろうか。

（えっ⁉　考えることかわいくない⁉）

胸がきゅんきゅんする。むしろしすぎて痛い。きゅん死しそう、とはこういう気持ちではないだろうか。

弥生は湧き上がる衝動にしたがって英隆に抱きついた。

「英隆さん！　かわいいっ‼」

「や、やよいっ？」

「もーぉ、なんですか、なんですかっ、すっごくかわいいこと考えるんですねっ。びっくりしちゃいましたっ」

「かわいい……か？」

「かわいいですよー！　英隆さんがこんなにかわいいなんて！　ホントかわいいです、もう、膝に乗っけてかわいがりたいくらいです‼」

「……じゃあ、のっけて、かわいがってもらおうかな……」

「え？」

顔を上げて、ドキッとする。ただし、ときめいたほうのドキッではない。

どこか剣呑とした、こっちの羞恥心を最大にくすぐるくらい艶っぽい表情。間違いなく語尾には大きなハートマークがついている。

「な？　やよいっ」

これはいけない、これは危険だ。大の男に「かわいい」を連呼しすぎただろうか。

「ひ、ひでたか、さん？」

こわごわ呼びかけるも、彼はにぃっこりと微笑み……有無を言わせずベッドルームへ足を向けたのである。

やっぱり……、とは思うが、デートと称して誘われるたびに抱かれていたし、特に今日は朝からデートだったので、こういうことにはなるだろうなと予想はしていた。

それでも、プロポーズを受けたあとだけあって、いつもよりドキドキが倍増している気がした。

英隆がベッドの端に腰掛けると彼の膝に横座りをする形になる。そのまま唇が重なり、ワンピースをスカートのほうからゆっくりとたくし上げられた。

クスッと思いだし笑いが漏れて、わずかに唇が離れる。

「なに笑ってるんだ？」

「初めて英隆さんに抱かれたときのこと……思いだして……。こんな脱がせづらいものを着てくるなって」

今日のワンピースも、切り替えやボタンのない頭からかぶるタイプだ。そう思うとおかしくなってしまった。

「今日は、怒らないんですか？」

「俺が買ってやったワンピースだろう？　怒らない」

「都合いいですね」

「余裕が出たんだよ。ゆっくり脱がせても、弥生は俺から逃げていかないって、わかったから」

「逃げませんよ」

お尻をかたむけたり袖から腕を抜いたり、彼が脱がせてくれるのに従って身体を動かす。ワンピースが頭から抜けると英隆の両手で頬を包まれた。

「捕まえた。弥生」

唇が重なり、じゅくじゅくと唇を吸い合う。彼の唇をもっと感じたくて肩から腕を回し抱きつくと、頬から手が離れ、彼はジャケットを脱ぎはじめた。

シャツを脱いだあとでブラジャーを取られ、きつく抱きしめられる。裸の上半身が密着し、肌の感触が気持ちいい。

「う……ン……」

つい胸を擦りつける動きをすると、乳頭が刺激されて予想外の心地よさが広がる。調子に乗って何度も動くと、頂が硬くなる感触とともに刺激が強くなった。

唇を離した英隆が、両手で乳房を持ち上げ片方の頂に舌を撫でつける。もう片方は摑まれたまま指先で突起を転がされた。

「擦りつけているうちに硬くなったか。すぐ硬くなるようになったな」

「んっ、ぁ、ああンッ……」

胸の頂で乳首が赤く膨れ上がる。彼の舌と指先に反応し、硬く尖らせもっとしてと言わんばかりだ。

「かわいい……。弥生のほうが何億倍もかわいい」

ちゅばちゅばと勢いをつけて何度も吸い立てられ、大きな手の中の乳房は形が変わってしまうのではないかと思うくらいもみくちゃにされる。

「ハァ……アン、やっ、あぁぁ……」

あたたかな刺激で胸がいっぱいになる。堪らない愉悦にあえぎが止まらない。

「ああっぁ、英隆さっ……」

「なんだか今日は、特別弥生の肌が美味い」

そう言っては頂を大きく口に含み、むぐむぐと吸い立てる。舌が硬くなった果実を縦横無尽に嬲(なぶ)り倒した。

「ンン、ンッ……やぁぁん……それ、ダメェ……いやぁ……」

「いやっていう声じゃない」

「ぁん、もぉ……いじわ……る、ですよ……ぅンンッ……」

「嬉しくて、意地悪もしたくなる」

乳房をこねていた手が脚のあいだに下り、小さな隙間にねじりこまれる。手と指が一緒に動き、徐々に濡れた音を奏でていった。

「やっ……ぁんっ、ぁぁ……そこ……」

「気持ちいいか……。もう脱がせないと、ひどいことになってきた」

膝から下ろされ、ベッドの端に座らされる。目の前に膝をついた英隆がショーツを脱がせると、大きく広げ膝を立てた脚をベッドに置かれた。

「ひ、ひでたかさっ……」

思わず両手を後ろ手についてしまうが、この格好は恥ずかしい。彼の目の前で見てくださいと言わんばかりに開脚している。

しかし両腿を押さえられてしまって、閉じるに閉じられない。

「あふれてる」

膣孔に挿し入れられた舌先がぐにゅぐにゅと動く。入口を刺激され蜜洞が期待して蠢き、細かく収縮した。

「ハァ……あっ、あ……あぁん、ンっ」

顎を上げて快楽に溺れると自然と舌が出る。自分がどれだけ濫りがわしくなっているかを思い知らされているようで、腰の奥が差しこむような刺激に襲われた。

「や……ああ、あっ、もっと……」

もっと奥まで刺激が欲しい。激しい疼きが淫らな要求をし、腰が左右に焦れ動く。

「もっと？　いいよ。このまま動くなよ」

弥生の要求に応えたような口ぶりだが、英隆も限界だったのかもしれない。立ち上がった彼は急くように下着ごとボトムスを脱ぎ、避妊具を用意した。

あられもなく開いたままの秘めやかな場所に、そそり勃った雄刀が挿しこまれる。ググッと進むたびにゾワゾワっとした快感が駆け抜けて、弥生は大きく背を反らしてしまった。

「あぁっ……やぁぁっ！」

反りすぎたのか、後ろ手をついていた腕がガクッと崩れる。ベッドに背中がつくと、押しこんでくるような激しい出し挿れに翻弄された。

「ああぁ……！　やっ、ぁ、ああっ……！」

快感が容赦なく突き上がってくる。昂ぶりを表すように腰が上がり背中が浮く。弥生が腰を上げていくと高さがちょうどいいのか突きこみも力強くなる。

愉悦が猛スピードで襲いかかってきて、堪らずつま先が立ちふくらはぎに力が入る。滑り台を流れるように、快楽が脳天を突き破った。

「あああっ……やぁぁん――！」

大きく数回腰が跳ね、がくりと落ちる。大きな質量がズルルッと抜け出る感触にまた腰が跳ねた。

「……弥生は……まったく……仕方がないな」

呆れたような物言いだが、口調は喜んでいる。英隆は崩れた弥生の身体をベッドの中央でうつ伏せにし、腰を持ち上げた。

抜け出た質量はすぐに隘路を埋める。みっちみちに詰めこまれ、彼の大きさで生まれる充溢感を悦ぶ淫洞が蜜をあふれさせながら蠕動した。

「相変わらず……歓迎してくれるな……。そんなに好きか、俺が」

ゆるりと腰を揺らし、意地悪な声を出す。しかし彼がくれる快感に溺れかかっている弥生には、そんな意地悪な質問も通じない。

「好き……好きっ……ああっ……！」

「弥生……」

「ひでたかさん……大好き……好きなのぉ……！」

「ああっ、ったくっ！」

「すきぃ……あぁぁ――！」

ぐぅんっと力強く最奥を穿たれ、瞬間的に快感が弾ける。しかしその余韻を感じさせてもらえることなく、立て続けに突きまくられた。

「ああっ！　あぁっ！　ひでたかさっ……激しっ……」

「弥生はいつもそうだ。俺を煽って煽って、夢中にさせる……」

「あっ……や、ダメェ……！　イっちゃ……またイっちゃ……ぅっ！」

「初めて抱いたときから……そうだった……」

「ひでたかさっ……もう、ダメェっ……ああっ！」

快感で頭も身体もいっぱいで、ちゃんと聞こえてはいるけど、彼がなにを言っているのかわからない。胸も子宮も壊れそうなくらいきゅんきゅんして止まらない。

きっと、とても嬉しいことを言われているのだと思う。

「弥生っ……！」

「ダメ……ダメェっ、もう、イ……クっ、あぁぁっ――――！」

大きく突きこまれ蜜壺(みつつぼ)を掻き混ぜられて、愉悦が爆ぜ全身が痙攣する。膝が崩れてシーツに身体が落ちると、英隆も一緒に倒れこんだ。

動かなくなったふたつの身体が重なり合い、呼吸を乱す。

英隆の肌の感触に全身で酔いながら、弥生は法悦の果てに流れていきそうな意識を何とか踏みとどまらせる。

愛しい人の声を、聞いていたかったからだ。

「……好きだよ……、愛してる……、弥生……」

何度も囁き、耳朶をくすぐる夢のような言葉。

彼の言葉を全身に沁みわたらせ、弥生はこの幸せに酩酊した。

エピローグ

その後、英隆と弥生はすぐに籍を入れた。

結婚式はこれから準備を進め、来春に執り行われる予定である。

入籍を先に急いだのは、もちろん早く一緒に生活がしたいというのもあった。しかしそれ以上に、以前弥生が語った夫婦としてやりたいこと、家族になるという意味を二人で感じたいという希望が、英隆に強くあったからだ。

入籍とともに弥生は石原家から英隆のマンションへと移り住んだ。実の子どものように育てた姪の新たな出発を、伯父夫婦は笑顔で祝福し、送り出してくれたのである。……陽平は、泣きながらが半分だった……。

新たな出発は、弥生だけではない。

かつては廃業も視野に入れた【ごはんの石原】も、新年から新たな再出発を始める。

IJI商事の本社ビルの売店に、お弁当とお惣菜を卸すことが決まったのだ。

考案したのは英隆だが、需要があると見て統計やアンケートを取ってくれたのは高野だという。

ぽつぽつではあるが、やはり石原さんのご飯が美味しいと以前の常連さんが戻ってきている。そこに英隆がくれた新しい案件が加わった。

今いるこの場所で、お弁当とお惣菜の店を続けていける。伯父夫婦も嬉しかっただろうが、弥生もとても嬉しかった。

「ここでやっていければ、社宅の子どもたちも、前に来てくれた人も、ふと食べたくなったときにいつでも迎えてやれる。オレが作った弁当を喜んでもらえるのが、すごく嬉しい。なんてったって、味は伊集院さんのお墨つきだ。よし、頑張るぞ！」

弥生はそれまで、伯父は板前の仕事に戻りたいのではないだろうかと思っていた。しかし、今の場所でお店を続けていけるとなったときの張りきりように、そんな心配は飛んでいってしまったような気がする。

弥生を利用しようとした坂口だが、反社に目をつけられて焦っていたのは同情の余地があるとしても、自称経営コンサルタントとして活動しているあいだ数回の詐欺行為を働いていたらしく、また反社から逃げているあいだ窃盗や傷害を起こしていたこと、弥生を拉致して火を点けた車も盗難したものであったことなど余罪が次々と発覚し、しっかりと罪を償うことになりそうだ。

師走を迎え世間が気忙しくなる時期。周囲に振り回されそうにない彼も、とても忙しなかった……。

「ただいま、弥生！　ほら、これ」

急いで帰ってきましたと言わんばかりに息を切らす英隆が靴も脱がないうちから差し出したのは、白い紙袋。首をかしげて受け取った弥生は、中を見て「わぁ」っと声をあげた。入っていたのはクリスタル風の光沢を持った球と星、雪の結晶の飾り。ともにクリスマスツリー用のオーナメントである。

「綺麗～、でも、どうしたんですか、これ」

「取り引きのあるオモチャ会社の社長に取り寄せてもらった。なにか綺麗なものを見繕ってくれと頼んであったんだ」

廊下に上がって弥生の頭を抱き寄せ、唇をつける。彼に肩を抱かれながらリビングへ向かい、弥生はちょっとだけ眉をひそめた。

「綺麗だし……嬉しいんですけど……」

「ん？」

「……飾り……多すぎませんか？」

リビングに入ってすぐ目に入るクリスマスツリー。マンションの高い天井につきそうなほどの大きさがあるそれには、電飾はもちろん、たくさんのオーナメントが飾られている。

……飾られ……すぎている。

夫婦でクリスマスツリーを飾りたいという弥生の願いを、英隆はいの一番に叶えた。とても大きなクリスマスツリーを用意してくれたので驚いたが、驚きはそれだけでは終わらなかったのである。

弥生が好きそう、喜びそう、というものをどんどん仕入れてしまう。大きなツリーが、今やオーナメントの飽和状態だ。

「多すぎるか？　それなら、ツリーをもうひとつ用意するか」

「か、片づけるときに大変ですよっ」

今あるものだけでもきっと大変だと思うのに。ふたつに増えたらどうなることやら。

ハアッとため息をつく弥生を抱き寄せて素早く唇を奪った英隆は、ニヤリとズルい顔をする。

「じゃあ、一緒に飾れる家族が増えたら、二個に増やそう」

それはつまり、……そういうことだろう。

遠い未来か近い未来かはわからないが、そのときはきっとくる。

考えていたら幸せで体温が上がる。頬があたたかくなるのを感じながら、弥生は英隆に寄り添った。

「英隆さんって……意外にせっかちなんですね」

「弥生と一緒にいたら、やりたいこと、してあげたいことがたくさんありすぎて、困っているんだ」

ひたいにチュッとキスをして、英隆は弥生を見つめる。かつて威圧的で怖いと感じた双眸が、今はこんなにも愛しい。

「俺の奥さんは、最高だから」

「わたしの旦那さんも、最高ですよ」

二人の愛情くらいたくさんのオーナメントをつけられたクリスマスツリーの電飾が、寄り添い見つめ合う二人を、きらびやかに照らした。

END

あとがき

あとがきを書く前は、執筆途中に思っていたこととか、このシーンはこういうふうに見てほしいとか、自分が好きなシーンとか、いろいろ書きたいことが頭にあるものですが、いざ書きはじめようとすると「なに書こう……」となってしまう残念な作者です。

今作は、私の二〇二一年最後の出版物となります。思い返せば今年は、明けたと思ったらもう年末間近で……。目まぐるしすぎて、なにをやっていたのかわからない年でした。

ここ数年いろいろありすぎて呆然としちゃうんですが、まぁ、健康第一ですよね……。

年が明けると、小説を書くお仕事をはじめて丸十年という、私にとっては記念すべき年になります。これからも、ヴァニラ文庫ミエルで、絶対のハッピーエンドを皆さんに楽しんでもらえたら嬉しい。気を引き締めて、また私なりに頑張っていきたいと思います。

担当様、編集部の皆様、いつもありがとうございます。

作品を手に取ってくださるすべての方に、心からの感謝をこめて。

玉紀　直

はじめましての元夫から
復縁プロポーズされてます!?

Vanilla文庫 Miel

2021年12月5日　第1刷発行　　定価はカバーに表示してあります

著　者　玉紀 直　©NAO TAMAKI 2021
装　画　芦原モカ
発行人　鈴木幸辰
発行所　株式会社ハーパーコリンズ・ジャパン
東京都千代田区大手町1-5-1
電話　03-6269-2883（営業）
0570-008091（読者サービス係）
印刷・製本　中央精版印刷株式会社

Printed in Japan ©K.K.HarperCollins Japan 2021 ISBN978-4-596-01924-0

乱丁・落丁の本が万一ございましたら、購入された書店名を明記のうえ、小社読者サービス係宛にお送りください。送料小社負担にてお取り替えいたします。但し、古書店で購入したものについてはお取り替えできません。なお、文書、デザイン等も含めた本書の一部あるいは全部を無断で複写複製することは禁じられています。

※この作品はフィクションであり、実在の人物・団体・事件等とは関係ありません。